令和元年的人生遊戲

令和元年の人生ゲーム

麻布競馬場 著

目次

第一章
平成二十八年

二〇一六年春天。我從德島的公立高中畢業，來到東京就讀慶應義塾大學商學院，加入了籌辦商業競賽的社團「點燃社」。這個社團向企業拉贊助，舉辦大學生的商業企畫競賽，宣稱能「培養商業頭腦，拓展社會人脈」、「贏得數百萬圓預算，參與大型團隊投入實作」，立刻引起一眾自視菁英的「高意識」[1]新生矚目。

「點燃你的熱情。」從入學典禮開始連續數天的迎新活動來到最後一天。下午三點在大教室舉辦的社團說明會上，這個標語大大地投射在螢幕上，會場瞬間爆出熱烈的喧囂。點燃社每年九月舉辦的「點燃你」賽事，在眾多商業競賽中也赫赫有名，每年都有來自東大、早稻田、慶應等名校超過一百支隊伍報名參加。如此知名的商業競賽營運社團本身就聚集了不遜於參賽者的優秀人才，說明會內容驕傲地介紹社團學長姊的畢業後近況，全是赫赫有名的日系大企業。主要活動由就讀日吉校區的一、二年級生主導，社團成員約七十名左右。

「點燃社是一個自由的社團。我們也很歡迎同時參加其他社團或體育社團。不過請記住一件事：我們是玩真的。我們真心想靠大學生的力量，來改變日本的商業環境。所以可能不適合半吊子心態的人。聽到這裡還是真心想要加入我們的話，請務必進來挑戰自己的實力。完畢。」

一襲西裝的法學院政治系二年級生，也是點燃社代表的吉原致詞完畢後，舞台旁邊應是社團成員的男生們立刻大喊：「吉原帥爆了！」「太犀利了！」

有個男生在幾步之遙外獨自一人交抱著手臂，嘻皮笑臉地看著那幾個炒熱氣氛的男生。就連坐在教室後方的我，也看得出他無框眼鏡底下是瞧不起人的輕蔑眼神。他看了幾秒，似乎滿意了，將目光移到舞台上的吉原身上。接著便以有些異於方才的表情，目不轉睛地直盯著吉原。

這天晚上，點燃社包下澀谷宇田川町一家大型義大利餐廳舉辦迎新會。活動尾聲時，我去排隊等廁所。店內唯一一間廁所已經被占用了五分鐘，敲門也沒有反應。因為尿意還不急，所以我放心地沉浸在喝不慣的啤酒帶來令頭部隱隱酥麻的愉悅醉意裡，漫

---

1 「高意識」（意識が高い）原指積極向上、敏感追求提升自我的事物的人，但後來轉化為諷刺的用語「高意識系」（意識高い系），指用亮眼人設來包裝自己，看似積極上進，實則內在空洞的人。

不經心地聽著從廉價雞尾酒派對散發出來的喧鬧聲。

「你要加入我們社團嗎？」

忽然有人從後面出聲，我嚇了一跳回頭。是先前那個交抱著手臂、嘻皮笑臉的男生。他的左胸貼著以潦草字跡寫著「沼田　經濟學院二年級」的膠帶，稀疏的眉毛底下是無框厚鏡片的眼鏡，鏡片沾滿了皮脂而變得白濁，怪異地反著光。我直覺判斷，最好不要跟這個人有太多牽扯。

「我是這麼打算。」

「你該不會是被吉原的那場大演講給感動了吧？」

當「吉原」兩個字從他扭曲的唇瓣間吐出時，在說明會上看到的那種惡意表情又重回他的臉上。我猶豫了一下，極力面無表情地說：

「……是啊。我喜歡認真又熱情的人。」

的確，吉原學長那場演講還滿尷尬的，但撇開這點不談，比起這個，我更討厭躲在背後指點，嘲諷那種令人難為情的熱情說「好上進喔」的冷漠態度。我對沼田學長還不太瞭解，但他絕對就是這種邪惡的象徵。我不想變成他那樣的人，也不應該變成那樣

——當時的我，確信加入點燃社，成為與這個人完全相反的存在，才是我該奉為目標的正確方向。

「你說他認真？」

沼田學長接過我的話，拋了回來。

「我倒覺得全世界再也沒有比他更不認真的人了。」

聽到沼田學長接著說出的這句話，我懷疑自己聽錯了。剛好占用廁所的人像殭屍一樣從裡面爬了出來，於是我也不想再跟沼田學長繼續攪和下去，便朝他輕輕頷首，走進廁所。

◇

迎新會隔週，我參加了每週四傍晚在日吉校區舉辦的例行會議。地點是和社團說明會一樣的階梯大教室，這天約有四十名一、二年級生參加。

依舊是代表吉原學長主持約兩小時的例會。上次他穿西裝，今天則是黑色連帽外套配黑色耐吉Air Max慢跑鞋。他的私服如此休閒又時髦，令人意外。手上戴著看起來要價不菲的銀飾。我偷偷用手機查了一下，發現好像是愛馬仕的，居然要十五萬圓。學長在迎新會說「我想要盡量把時間貢獻給點燃社，所以沒有打工」，而且聽說他住在父母在武藏小杉租給他的塔樓公寓，看來應該是有錢人家的大少爺。

吉原學長以沉穩的嗓音主持議事。讓我印象深刻的是，不只是別人發言的時候，他連自己在簡報時，也不會盯著電腦螢幕看，而是以那對雙眼皮分明的眼睛，注視著每一名出席者的眼睛。一年級的女生立刻被他迷倒：「吉原學長帥呆了！」吉原學長身形高大，留著大學生少見的瀏海上梳、露出額頭的髮型，外形清爽，同時頸脖修長，喉結粗大。而且他對每個人都一視同仁，既誠懇又溫柔，可以說是至今為止我所遇到的人當中，最接近「完美」的一位。

分享完拉贊助的進度等等，最後三十分鐘是商業讀書會。發表者採輪流制，這天由一位姓平井的文學院二年級學長負責。

「呃，今天我要發表的主題，是關於社會公益型的新創公司。」

平井學長把貼滿了新創公司ＬＯＧＯ貼紙、連蘋果圖案都被遮到快看不見的MacBook接上投影機，開始簡報。上次迎新會的時候，平井學長喝得爛醉，脫光上半身，一口氣灌掉一整壺發泡酒，但今天他平靜地做著資訊豐富的簡報，接下來的自由討論時間，也認真地聆聽並筆記眾人的回饋意見。

我果然喜歡這個社團的氣氛，還有這裡的成員。每個人都認真看待自己的人生，卻又能游刃有餘地自嘲「大家都說我們是宗教社團」。感覺得出每個人在這裡都有著一席之地，彼此尊重。最重要的是——這裡充滿了蓬勃的積極態度，即使被周圍嘲笑是熱血過頭的「高意識」也不在意，決心要透過學習與經驗，獲得壓倒性的成長。

我決定去東京讀大學後，父親在晚餐小酌時告訴我「大學是人生的暑假」。父親從故鄉的德島大學畢業後，直接進了故鄉的地方銀行任職，他的說法是，「反正出社會以後，接下來就得工作四十年，不如就把大學當做人生最後的暑假，該蹺課就蹺課，通宵打麻將比較好」。他自己確實就是如此怠惰地混過了大學四年。

但我並不贊同父親的想法。大學必須是對未來有意義、有價值的一段光陰。因為，我在過去的人生極盡努力，好不容易達成應屆考上一流名校的成就，如果卻因為在大學四年遊手好閒，求職失利，只拿到差強人意的公司內定，豈不是讓這十八年來辛苦累積的一切全部付諸東流了嗎？再說，暑假就是玩樂，這個前提首先就讓我無法理解。每年暑假我明明都得去補習班上暑期課程，印象中能盡情玩樂的暑假，就只有小學低年級而已。

所以我毫不猶豫地選擇了點燃社。我的人生一定擁有無限的可能性。或許我會登上大公司官網的應屆錄取新進員工頁面，成為「活躍的畢業校友」，甚至有可能成為董事或社長。為了迎向那樣的未來，我不像父親那樣通宵打麻將，而是選擇加入商業競賽營運社團，準備度過即將獲得壓倒性成長的大學生活。

「我覺得其實每個人都心知肚明，只是不說破而已，什麼社會公益，那些根本就是偽善吧？」

所以我怎麼樣都無法欣賞只會抱著胸口，嘻皮笑臉嘲笑別人努力的沼田學長。今天沼田學長穿了件吸睛的鮮綠色T恤，上面用白字印著「Chill Out...」，非常貼身，曲線畢露。

「要死了，沼田劇場又開演了！」

平井學長困惑地雙手交抱在後腦勺說，把眾人都逗笑了。這是我第一次聽到「沼田劇場」這說法，不過馬上就明白到底是怎樣的「劇場」了。

「即使用各種冠冕堂皇的說詞來包裝，不過在資本主義社會裡，追求利益終究是第一優先吧？」

換言之，沼田學長是在指出，所謂社會公益型的新創公司，說穿了也只是利用有困難的人來謀利，然而卻包裝成良好的品牌形象，根本就是偽善、罪大惡極。他的主張邏輯分明，難以挑出反駁的破綻，同時他信手拈來大量事證，補強主張，知識量令人折服。然而我就是有種生理上的抗拒感，不願全盤接受他這樣的說法。

「那麼請教沼田大師，面對堆積如山的社會問題，企業應該採取什麼樣的態度呢？」

平井學長出聲牽制，然而沼田學長不僅沒有卻步，反而笑得更賊，雙手高舉在臉的兩旁說：

「這種問題不要問我好嗎！這是商業競賽營運社團，不是創業研究社團吧？今天有很多第一次參加例會的新生，所以我才會再次提出問題點，不過我們就只是小小的商業競賽營運社團，有必要辦這種讀書會嗎？我覺得與其浪費時間玩這種商業家家酒，倒不如像吉原大師一樣自己創業，更有意義多了。」

說完後，沼田學長看向教室最前方面對我們坐著的吉原學長，彷彿在說「輪到你反駁了」。

「是啊，確實我也在自行創業、讓事業成長的摸索過程中學到了許多。但我現在認為，就算要創業，如果能再更進一步開拓視野、加深知識，在選擇市場的階段就更深入思考的話，或許會有更不同的結果。從這個角度來看，我認為這樣的讀書會也是有意義的。如果沒有意義，就設法讓它變得有意義……不，這樣說，聽起來好像在批評平井的發表沒有意義。」

這話引來哄堂大笑。平井學長一臉不服氣，就像爭取時間的足球選手那樣，大大地展開雙手表達抗議，又引起一陣笑聲。

「不過，沼田說的也有道理。點燃社的活動幾乎都是自由參加，一開始可以什麼都嘗試看看，也可以等到有更全面的認識之後，再找出覺得自己需要的活動，全力投入。點燃社只是一種方法。希望大家能夠透過社團實現理想中的自我，這樣一來，身為代表的我，會感到非常開心。」

噢！出席者歡聲雷動。大獲全勝。這真是無懈可擊、無可挑剔的正論。吉原學長像掩飾害羞似地，笨拙地靦腆一笑，舉起右手回應。我想要滿足於這個漂亮的勝負結果，甚至沒有回頭再看沼田學長。

◇

讀書會結束後，似乎還有「會後會」，接下來沒有行程的人會一起去喝酒。日吉車站附近有數不清隨時可容納三十人的廉價居酒屋，因此這天眾人也前往據說是點燃社常去的烤雞肉串店。我張望了一下，但魚貫走進店內的眾人當中，沒看到沼田學長的身影。

「沼田學長不太參加聚餐嗎？」

我問同桌的平井學長。開喝還不到三十分鐘，平井學長在眾人慫恿下，一開場就不停地豪邁乾杯，已經喝得滿臉通紅，開始有些口齒不清起來了。

「沼田？不，他平常都一定參加啊。今天是去打工吧？喏，中目黑那間，叫什麼去了？無麩質的夏威夷咖啡廳？」

問我，我哪會知道啊？比起那奇妙的打工地點，沼田學長居然都會參加聚餐這件事更讓我吃驚。可能是察覺了我的想法，平井學長喝了一口啤酒潤潤喉，朝我的臉吹出充滿酒臭味的呼吸，說了起來：

「你好像有什麼誤會，不過沼田就只是傲嬌而已啦。包括今天那件事，全部都是出於愛啊，愛！你沒聽說嗎？其實本來會是沼田擔任點燃社代表的。」

根據平井學長的說法，事情是這樣的。

沼田學長剛加入點燃社的時候，雖然多少有些愛嘲諷，卻是個直爽熱血的人。他會事先確認讀書會的主題，深入閱讀相關文獻，還會主動攬下眾人嫌麻煩的會計工作和網站經營。在十五名同屆社員之中，沼田也是鶴立雞群的存在，每個人都相信他一定會成為明年的點燃社代表。

然而就在該年九月的「二〇一五年度點燃你」結束時，狀況徹底翻轉了。因為吉原學長加入了點燃社。

「你沒聽說嗎?吉原是『現職』高中生創業家。在業界還滿有名的。」

吉原學長就如同我猜想的,據說是名門望族的公子。他的祖父在二戰剛結束時成立了肥料公司,事業大獲成功,父親擔任通產省官員,後來繼承公司,第三代的吉原學長在家族支持下,高一時便自行創立公司。他從小學便就讀立教大學附屬學校,高中便全身名牌服飾,他運用如此培養出來的時尚品味,在國內收購二手衣,銷售到東亞市場,也就是所謂的跨境電商事業。

「一個家世好、長得帥、穿著時髦的大少爺,雙手抱胸登上商業雜誌,一臉臭屁地說什麼『上班族早就過時了』,你覺得會怎麼樣?」

結果他好像在網路上被攻擊得體無完膚。匿名論壇每天開一堆黑他的討論串,自稱同學的人寫下大量真假難辨的爆料八卦。不知是炎上的關係,還是這一行本來就沒什麼發展性,總之大概一年半左右,吉原學長的事業就關門大吉,現職高中生企業家的挑戰在他還是「現職」高中生的時候就宣布結束了。

就這樣,吉原學長在失意之際,也許是為了逃避無地自容的尷尬,沒有直接從立教大學的高中部升上大學部,而是透過綜合型甄選進入了慶應大學。

但落魄的「前」高中生創業家似乎仍未放棄商業之路，好像進入各家新創企業實習。然後他賭上東山再起的無數嘗試之一，就是參加「點燃你」。這是三、四人組團參加的競賽，吉原學長卻單槍匹馬報名參加了。

「然後啊，評審裡面有個類似傳奇創業家的大叔，他把吉原的企畫批得一無是處，凶狠得近乎痛快。」

——你過去創業的事我聽說過，這次的創業企劃我也看了。不過很遺憾，依現狀來看，你的事業沒有成功的指望。你會像這樣一個人報名，就是因為你過度自負，覺得只靠自己一個人就能搞定。如果你真心想要成功，就必須找到好夥伴。你應該先學習什麼是團隊合作。比方說，你可以參加這個商業競賽的營運社團，或是其他社團也行。

吉原學長好像老實地聽從了那個傳奇創業家提議的「比方說」，隔天就申請加入點燃社了。在學期中半路加入社團雖然相當罕見，但吉原學長似乎非常認真，辭掉了全部的實習工作，打算全心投入點燃社。就這樣，吉原學長以「遲來的超級新人」之姿，成了點燃社的一員。

「在這之前，也因為沼田平時的努力，每個人都相信點燃社的下任代表非沼田莫屬。沼田本人一定也這麼深信不疑。」

然而沼田學長竟與「慶應的高意識系社團代表」這項殊榮失之交臂。這也是當然的。既然有如「完美」化身的吉原學長加入社團了，所有的一切當然都歸他所有。

話說回來，坦白說，吉原學長就算是客套也稱不上天縱英才。剛才自由討論的時候也是，吉原學長表情嚴肅地參與討論，但有不少發言明顯根本牛頭不對馬嘴，平井學長好幾次再次向他確認發言主旨：「也就是這個意思對嗎？」其他人都尷尬地望著這一幕。不過吉原學長很認真。他幫忙每一項原本由沼田學長一手攬下的雜務，在讀書會上也謙虛地吸收商業方面的知識，對任何事情都充滿熱情，總之就是義無反顧地投入。看到這樣的吉原學長，成員們全都成了他的粉絲。

隔年三月的代表選舉中，如同眾人的預測，沼田學長和吉原學長都參選了。「吉原應該會占上風，但雙方票數應該很接近吧？」然而兩名參選人站在大教室講台上進行開票，結果卻是以令人不忍卒睹的壓倒性差距，由吉原學長碾壓勝選。沼田學長只拿到了三票。教室裡充斥著尷尬的氣氛，據說當時沼田學長只是站在講台上，默默地看著那些沒有投給他的成員們。

「大概就是從那時候開始吧，沼田就變成那樣了。他把先前一手攬下的雜務全部丟下，輪流制的讀書會也抵死不肯發表，現在已經成了一個不為社團做出任何貢獻的人了。不過他還是沒有退出點燃社，我覺得多少是因為他對這個社團終究還是有一份情吧。」

平井學長用難為情的笑容把原本就細小的眼睛擠成一條線，一口氣喝光杯裡剩下一半的氣泡酒，彷彿告白了什麼害羞的事。

「去唱卡拉OK吧！」我被這麼叫囂的學長們抓住，拉去續攤，在那裡也被灌了一堆鏡月燒酎。大家一副要嗨到早上的氣勢，但我決定搭十二點半的末班電車回租屋處，悄悄溜出充斥著菸味的卡拉OK店。我搭上目黑線的各站停車電車，在第四站的新丸子站下車。走出唯一的驗票閘門，再走個幾分鐘，拐過一個彎，就到了我租的老公寓，四樓就是我的住處。從狹小的套房面南的窗戶看出去，隔著低矮的住商大樓，有好幾棟好像在這幾年急速增加的武藏小杉的塔樓公寓。吉原學長就住在其中一戶吧。

我沒有開燈，就這樣直接走出陽台。四月的夜晚有點冷，但風很舒服。

「希望大家能夠透過點燃社實現理想中的自我。」

我想起吉原學長那張英俊的臉龐。他到底打算在點燃社實現怎樣的自我？他打算透過營運商業競賽、結交夥伴，有朝一日向那個什麼傳奇創業家發起復仇之戰嗎？

「希望大家能夠透過點燃社實現理想中的自我。」

我也想起了沼田學長的臉。他在代表選舉開票日那天，究竟是懷著什麼樣的心情看著成員們？說起來，他怎麼還繼續留在點燃社呢？他想要在點燃社變成怎樣的人？即使發生了那種事，他現在其實依然還愛著吉原學長和其他成員嗎？但這樣的人，會擺出那種瞧不起吉原學長的態度嗎——？

「希望大家能夠透過點燃社實現理想中的自我。」

那麼我呢？我想要變成什麼樣的人？我聽從父母的指示，從小四就開始補習，國中隨便加入了軟式網球社，但一下子就退社了，因為很閒，把時間都拿來念書，結果考上當地最好的縣立高中，在高中也沒有加入社團，因為很閒所以念書……這其中有我自己的意志嗎？

「希望大家能夠透過點燃社實現理想中的自我。」

我是想要得到壓倒性的成長，總有一天自行創業，獲得成功，變成有錢人，搬進那些塔樓公寓嗎？我真的有自信能夠實現這些？就連吉原學長都遇到挫折了耶？還是我希望像許多畢業學長姐那樣，進入知名企業，成為菁英上班族？只要在電視劇裡看到的那種激烈的升遷競爭中勝出，就能住在塔樓公寓嗎？我真的有這個自信嗎？就連我的高中同學裡，都有人把我讀的大學當備胎，考進東大耶？

睡吧。我回到漆黑的房間裡，往床上一躺，意識一下子就融化消散了。

◇

進入五月，點燃社的活動正式展開，我得以逃避腦中抽象的問題。只要手頭上有在忙碌做事，就覺得腦袋放空也不是什麼罪過。

「抱歉，讓你久等了。」

午休時間，學生餐廳人聲鼎沸。我在四人座餐桌呆呆地滑著手機，這時村松走了過來。他是我在點燃社裡的同屆，又是同學院的，所以經常一起吃午飯。我點了每日特餐的炸雞塊定食，村松點了塔可飯。

「你列好名單了嗎？」我問。

「算是吧，但實在湊不到十個人，所以我把孫跟三木谷也放進去了。是說，堀江貴文已經出獄了嗎？[2]」

村松說著，開始用手機搜尋堀江貴文的近況。為了九月底的競賽，必須決定客座評審名單，因此要考量話題性和可行度，整理出洽詢人選名單，再依序聯繫。我們這些一年級生也被吩咐要各別想出十名候選人，在明天以前交給吉原學長。

松村算是吉原學長的追隨者，成天說著「總有一天我要創業」、「我想在學生時期就創業」。但他並未實際著手創業，也沒有去新創公司實習，今天也依然認真地來大學上課，和點燃社成員吃午餐，然後一起處理待辦雜務，再被平井學長那些人拉去居酒屋，喝到末班電車前一刻，然後又一夥人跑去住在日吉還是元住吉一帶的同學住處，一

2 孫正義為軟銀集團創辦人，三木谷浩史為樂天公司創辦人。堀江貴文是入口網站 Livedoor 的創辦人，曾因捲入證券詐欺案而入獄。

路喝到早上……雖然加入了高意識社團，實際上卻過著與其他低意識大學生沒兩樣的生活。

一個月過去，我漸漸看出點燃社有一堆像村松這樣的人。嘴上掛著「總有一天」、「如果能夠」，談論著格局宏大、卻是每個高意識學生都掛嘴邊的老套願景，卻絲毫沒有付出任何努力，去拉近那個「總有一天」，也沒想過要提高「如果能夠」的實現可能性。同時，他們對此似乎也沒有太多的罪惡感。

「不過好期待啊，一次審查和最終審查是客座評審來做，但一次審查是點燃社的成員負責對吧？會不會也讓一年級生來做呢？」

村松用湯匙挖著塔可飯，表情充滿期待地說。他的亢奮，或許來自於身為商業競賽主辦方，可以「審查」別人這件事。不是自己努力做什麼，而是去評價努力做什麼的人，這件事帶來的愉悅及優越感，是不是就像一種毒癮？

會不會就連吉原學長也深陷其中不可自拔？看著宛如吉原學長迷你版的村松，我忍不住做出這種討厭的想像。還有，沼田學長對吉原學長露出的那種輕蔑的嘲笑，是否也是因為只有沼田學長看透了這一點？

「那麼，現在開始本週例會。」

這天也在一樣的大教室裡，由吉原學長像平常那樣主持。

「我參考各位的意見，把客座評審的預定洽詢名單排出順序了。」

吉原學長將列出名字的EXCEL檔投影到螢幕上。就像他一貫講求公平與透明的作風，名字旁邊都列上了得票數。名單大致依據得票數排列，但似乎做了一些調整，像村松那種為了湊人數而寫上去的孫正義、三木谷浩史等重量級人物都被除外了。

眾人從上到下看過名單，露出「原來如此」的表情點點頭，接著，現場出現了將近一分鐘的沉默。沒有人提出異議。眾人私底下的真心話，應該是：細節隨便啦，快點搞定，一起去喝酒吧！

「我可以發言嗎？」

我忘了劇場主人。坐在教室後方的老位置、一如往常抱著胸口的沼田學長彷彿要破壞這樣的和諧默契，發出又溼又黏的聲音說。

「我這個沒交名單的人跑來插嘴實在不好意思……不過宇治田先生今年沒有列入評審名單裡面嗎？」

和村松一樣坐在最前排的我，確實捕捉到吉原學長聽到這個名字的瞬間，表情有一點——真的只有一點點——僵住了。

「……宇治田先生去年來過了，而且他最近個人成立了新的信託基金，我聽說他短期內都很忙……」

吉原學長說完後，不管是他還是沼田學長都沒再說話，教室裡瀰漫著詭譎的氣氛。在場所有人都知道宇治田先生是何方神聖。這名去年的評審，就是那個「傳奇創業家大叔」，也就是吉原學長會加入點燃社的原因。

「哦，沒有啦，我只是好奇，吉原大師什麼時候才要讓宇治田先生看到您的成長呢？不好意思，就問問而已，沒有別的意思喔。」

平常點燃社的成員們總是要笑不笑、有些看好戲地看著沼田學長出招，但唯獨這次，大家似乎不知道該如何反應才好。至少眾人似乎都明白這不是可以笑著帶過的氣氛，每個人表情都窘到不行。

我姑且掛上跟大家一樣的表情，但其實內心好奇萬分，甚至暗自叫好：沼田學長幹得好！吉原學長在點燃社拖拖拉拉地混了超過半年，甚至當上了代表……但會不會其實他老早就放棄創業的夢想了？

「……沼田說的一點都沒錯。我會加入點燃社，理由就像大家都知道的那樣。『這傢伙滿口大話地進來，其實早就已經放棄創業，只是裝出拚命投入社團事務的樣子罷了吧？』就算有人這麼懷疑，也是沒辦法的事。」

吉原學長聲音低啞，但像立下覺悟般，強而有力地對著前方娓娓道來。眾人都默默等待下文。

「不瞞各位，我還是無法放棄創業的夢想。可是，我絕對不會因為這樣，就隨便敷衍點燃社的活動。說來慚愧，以前我自以為是個天才，相信靠我自己一個人也能輕鬆成功，但現在我第一次想要跟別人一起認真地去挑戰某些事。我是真心投入這場活動、真心想要獲得大幅的成長。我想要讓宇治田先生刮目相看。我就趁這個機會告訴大家吧，今年的活動結束後，我絕對會著手二度創業。」

噢！現場響起了不至於打斷演講的輕聲歡呼。

「所以，正因為如此，我想在那之前，全力投入點燃社。所以也請各位放心跟著我吧。現在我只能這麼說，但請大家相信我。拜託大家了。」

最後吉原學長站起來輕輕鞠了個躬，眾人報以盛大又響亮的掌聲。終於一吐為快的解放感，以及一番話受到眾人接納的安心感，讓吉原學長微微溼了眼眶。

我回頭看向沼田學長。我以為他肯定會露出不滿的表情，沒想到並沒有。他就像其他人一樣鼓掌著，臉上的表情卻有種奇異的緊繃，就好像正惡狠狠地咬住下唇，硬是裝出面無表情一樣。

◇

進入八月，大學開始放暑假，但我沒有返鄉，繼續留在東京。點燃社的成員要在這個夏季進行第一次審查，從一百多支參賽團隊良莠不齊的事業企畫案中，挑選出要給客座評審過目的精華。這是份相當辛苦的差事，必須讀完所有團隊各十頁的簡報資料，分成ABCD級，計算分數之後，決定出晉級二次審查的二十支團隊。一群別說創業，連一點社會經驗都沒有的普通大學生，裝出很懂的樣子幫別人打分數，這真的是很滑稽的鬧劇。

點燃社安排了約十天的集中審查日，這段期間包下日吉校區的教室一整天，一口氣進行審查。天黑以後，眾人就跟平常一樣去喝酒。要是一個人埋頭苦幹會喘不過氣，所以我決定速戰速決，參加了其中三天的集中審查日。

早上十一點過後，我去到會場的教室，發現意外的人物正成了談話的中心。

「居然給這種爛服務打A，這人最好這輩子都別搞商業了，一點商業Sense也沒有。市場太小眾了，事業企畫的數字也亂寫一通，而且業界龍頭早就推出一樣的商業模式了……」

是沼田學長。嘲諷的口氣一如往常，但他的評語句句犀利、一針見血，精準得令人不甘心。平常他都擺出一副對創業不感興趣的樣子，然而只要談起創業，他都能像某次讀書會那樣，行雲流水地披露遠比吉原學長更正確的邏輯與豐富的知識。

「會不會其實沼田打算要創業，私底下做了很多功課？」

那天一起去大戶屋吃午飯的平井學長這樣說，在我旁邊大口吃可樂餅的村松立刻反駁：

「可是，我無法想像那個人當社長的樣子。」

「又不是只有當CEO才叫創業。我猜吉原會找沼田當合夥創業人。他們可能還是有點尷尬吧！我確實是沒看過他倆開心聊天的樣子。不過沼田的聰明才識絕對能派上用場，而且他們意外地是一對絕佳拍檔吧？熱情的吉原和冷靜的沼田。」

「咦？絕對不可能啦。」

村松笑著否定了平井學長過分大膽的猜測。我也同意。

盂蘭盆節連假期間，我回老家悠閒地過了一星期，買了許多伴手禮回東京。一次審查結束後，接下來還有會場布置、當日活動執行等瑣碎的工作，但我這種新人就滿閒的。

「吉原學長會做什麼事業呢？九月活動結束後就要創業的話，應該已經決定好要在哪個市場一決勝負了吧？要是告訴我們的話，我就可以趁現在趕快調查，稍微了解一下了。」

在家系拉麵的武藏家拉麵店裡，村松如此嘀咕著，唏哩呼嚕地吸起屬於年輕人特權的「湯濃麵硬量多」拉麵。時值八月底，暑假還沒過完，但稍晚下午三點有吉原學長附上訊息通知說「能來的人就過來吧」的點燃社自主讀書會，所以我跟村松提前會合吃午飯。最近跟村松聊天，話題老是離不開這個。不只村松，以吉原學長信徒為中心的點燃社成員們，目前最火熱的話題無疑是他即將要創立的事業。

「我實在不認為吉原學長會找沼田學長耶。我完全無法想像他倆一起做什麼的樣子。」

村松再次對平井學長的大膽推測提出反對意見。確實，他倆完全是天差地遠。不畏失敗、勇於挑戰，即使失敗也不屈不撓的吉原學長，和站在安全地帶嘲笑努力的吉原學長、自以為高人一等的沼田學長。

那麼村松呢？我忽然想到。他也差不多在準備要變成吉原學長了嗎？

「你說你想創業，對吧？你有在做什麼準備嗎？」

「咦？我嗎？哦，我現在想專心投入點燃社，就算要創業，也要等到秋天的活動結束以後吧。哦，我還沒放棄創業的夢想啦。喏，初審的時候我就覺得，大學生能想到的商業企畫，全是些注定要失敗的爛東西嘛。為了避免犯那種錯誤，我得先努力辦好活動，協助吉原學長創業，追求大幅成長，培養出實力才行。」

村松依然毫無罪惡感、滿不在乎地說著那種藉口般的話。這樣的村松又屬於哪種人？是吉原學長嗎？還是沼田學長？——不只村松，在點燃社裡以數十人為單位存在的「總有一天想要創業」路線的吉原學長追隨者們呢？他們不敢真正踏上創業之路，卻窩在商業競賽主辦單位這種安全地帶，批評挑戰創業的人，自以為高人一等……他們擺出一副「像吉原學長」的嘴臉，內心瞧不起沼田學長，但其實別說「像吉原學長」了，根本就跟沼田學長是一路貨色，不是嗎？

結果這天的自主讀書會，幾乎所有成員都出席了。眾人有一搭沒一搭地分享距離活動時間還有約一個月的「二〇一六年度點燃你」準備進度等等，不知不覺已經傍晚，我們一如往常地結夥殺去車站後面的廉價烤雞肉串店。

「我上次重讀了一下平井的發表資料，覺得社會公益還是很不錯。喏，我很幸運地生長在得天獨厚的環境裡，所以覺得應該要回饋一下社會之類的。雖然我還沒有決定要選擇哪個事業領域，不過想要加入社會公益的元素。比方說教育相關的服務，如果融入社會公益的觀點來設計，應該會滿有意思的吧？」

在煙霧瀰漫的店內餐桌旁，吉原學長在村松等信徒圍繞下，一臉嚴肅地大談他的創業理論。起初我也坐在他的信徒間，心不在焉地聆聽，但他說的內容全是些熱血的高意識大學生隨便都能想到的東西，一下子就膩了。這時沼田學長的臉忽然映入眼簾。沼田學長就坐在吉原學長的隔壁桌，嚼著沾滿美乃滋的魟魚翅，低著頭沒有跟任何人交談。雖然大家都說沼田學長「其實人很好」，但很少有人親近地跟他攀談。然而今天他也像這樣來參加聚餐了。然後每次我注意到時，他總是默默地坐在吉原學長附近。就彷彿拚命抓住吉原學長不放，以免錯過他說的任何一句話——

他到底在想什麼？平常擺出那種態度，但其實對創業和吉原學長都哈得要命嗎？

「我猜吉原會找沼田當合夥創業人。」

我想起平井學長的話。難不成沼田學長在期待吉原學長邀他一起創業？

沼田學長眼睜睜地看著自己過去盡力奉獻的人們，在社團代表選舉中輕易背棄了他，把票投給了吉原學長。假設他的自尊心在當時徹底破碎的話，治癒這種創傷的方法，確實就是被吉原學長所需要吧。他期待吉原學長在眾目睽睽之下，宛如下跪遞上戒指求婚一般，邀請他合夥創業——如果我這樣的猜想正確，那麼沼田學長對吉原學長的感情，就複雜且扭曲得令人毛骨悚然了。

我將視線拉回吉原學長那裡，他還在大談那套膚淺的創業理論。然後他的身邊，是一群表情和他同等嚴肅地洗耳恭聽的人們——明明大家應該早就發現他的話根本不值一聽了。難不成村松這些點燃社的成員，只是拿吉原學長當做他們自己什麼都不做的藉口嗎？只要表明對乍看之下「完美無缺」的吉原學長的崇拜，即使自己什麼成就也沒有，也能心安理得地鄙視沼田學長。聰明的他們發現了這種建構自我認同的魔法機制，深深為之上癮了，不是嗎？

話又說回來，我自己不是也一樣嗎？聰明的我們，總是只會看社會的臉色、說社會想聽的話，討好身邊的大人們。然後抓緊機會混水摸魚，但還是端出眾人都能接受的尚可結果。我們一路用這種方式混到今天，現在依舊死性不改，跟著求職的時候似乎會受人事部門欣賞的高意識夥伴們一起，崇尚團隊合作、玩著商業家家酒，只是這樣罷了吧？……對村松他們的冷眼觀察，就這樣繞了好大一圈，最後捅進自己的胸口。

「吉原學長，等你創業以後，可以雇我當個實習生之類的嗎？」

所以，會後會結束後，眾人一起走向車站時，我立下決心向吉原學長提出這樣的請求。我的結論是，在找到「理想的自己」之前，至少先仿效吉原學長吧。比起什麼都不做、只會嘻皮笑臉地批評別人，這樣肯定更正確多了。

「你也太急了，我連要在哪個領域創業都還沒決定好呢。」

吉原學長苦笑，但還是說「我一定會邀你的」。因此從這天開始，為了遲早將會到來的「那一天」，我開始研究事業企畫書的寫法、學習不知道用不用得上的程式。就像過去那樣，只要沒有閒暇時間，我就不必胡思亂想多餘的事。

這天我也一早就待在日吉校區的圖書館。這天星期六，我沒有什麼行程，但因為很早就醒了，便搭著電車意氣風發地前往日吉。今天要讀哪方面的書呢？我漫無目的地走向陳列商業書籍的書架區。暑假的圖書館幾乎沒有人，等於被我一個人包下了。這時有個人抱著四、五本厚厚的書，朝我要去的書架區走來。眼熟的綠色T恤、無框眼鏡——是沼田學長。要是他找我說話就麻煩了，我決定趁他似乎還沒發現我，躲到書架後面等他離開。從旁邊經過的沼田學長，臉上沒有平時那種老神在在的嘻皮笑臉，抱在懷裡的數冊書籍，書背上醒目地印著「教育」、「解決社會問題的商業型態」等文字——就在這一刻，我那個令人毛骨悚然的假說獲得了印證。

◇

暑假一結束，九月最後一週的「二〇一六年度點燃你」轉眼間便正式登場，又轉眼間落幕了。我在日吉校區的會場，穿著同款鮮紅色工作人員T恤，戴著耳麥忙碌地四處奔走，回神一看，吉原學長已經在進行閉幕致詞了。今年的冠軍隊伍，是提出地方閒置空屋活用服務的東大一年級三人團隊。他們從評審長手中接過寫著斗大「獎金一百萬圓」的板子，笨拙地跳躍，比出勝利手勢。而且好像還有幾名評審向他們的事業提出了總額近五百萬圓的個人投資。聽到這件事，村松驚訝地佩服道：「東大生果然厲害！」對於與自己同齡的大學生將創意化成具體，甚至當場就獲得資金，讓事業朝向實現邁進，他果然彷彿事不關己。

然後我們去了平常光顧的廉價居酒屋，大肆慶功，把彼此身上的同款T恤用啤酒潑得溼答答的。平常不太喝酒的吉原學長也回應眾人「代表乾一杯」的胡鬧起鬨，不知不覺間癱在包廂一角，差不多快睡著了。我們又為了把「總有一天」往後延，以歡樂的喧鬧填滿眼前這一刻。

不過，吉原學長應該要認真成長的一年很快就要結束了。每個人都關注著吉原學長。吉原學長下一步會怎麼做？他會邀請誰一起創業？會獲得多大的成功、賺多少錢呢？每次開會、聚餐，眾人都竊竊私語，交換猜測。就彷彿在說，創業競賽也結束了，下一個要審查的就是吉原學長了。

點燃社暫時無事可忙，但例會依然照常召開，因此閒來無事的大學生們都聚集在日吉校區的大教室裡，一臉呆滯地托著腮幫子。十一月中旬的這天也一樣，成員們隨便發表，眾人隨便討論，然後大家開始收拾東西準備去喝一杯時，忽然冒出一道聲音：「大家方便聽我說嗎？」出聲的是最近不知為何都沒在點燃社活動露面的吉原學長。吉原學長大步走到教室前方，將夾在腋下的MacBook連接到投影機上。

太空般的漆黑投射在螢幕上。神情肅穆的吉原學長「嗒」地敲擊了一下Enter鍵。只見黑底上慢條斯理、輕飄飄浮現出白色的明朝體文字：「聽說吉原要創業了耶。（時隔四年第二次）」

「哇！」

一陣宛如乖寶寶模仿想像中的不良少年般、教人聽了大腦表面起滿雞皮疙瘩的低沉歡呼聲搖撼了整間教室。

「咳咳，讓各位久等了。『前』天才高中生創業家吉原，也就是本人策劃的二度創業，事業領域是——以高中生為對象的線上創業補習班！」

居然是這個？坦白說，我的感受是接近失望的。雖然也有一群人鼓譟著說：「這點子強到爆！」「一下就能上市了吧！」但在場絕大多數的成員表情都跟我一樣，但還是禮貌地鼓掌。

「我真誠地希望活用自己的經驗，甚至是失敗，從高中階段就全面提升日本的創業家精神……」

雖然吉原學長不斷地吐出動聽的話，但他想要做的，說穿了就是利用過往的榮耀和名氣，架設一個類似「電視熱烈報導！傳奇前天才高中生創業家傾囊相授創業祕笈」的網站，向望子成龍拚教養的媽媽們收取月費，播放除了上過電視以外沒有其他特出成就的前高中生創業家登場影片，或舉辦一些學員交流會罷了。

吉原學長本性善良，所以有可能是真心相信自己有義務將寶貴的經驗回饋給年輕人，只要將它轉化為終極的訂閱制商業模式——線上沙龍，就能實現「三贏」的局面。確實，現在這類線上沙龍很流行，或許收益也很不錯，但模糊地標榜能培養出「類似」創業家精神的某些事物，拿高中生寶貴的年輕光陰，換取每個月穩穩落袋的固定收益，這與「社會公益」根本是背道而馳，幾乎就是詐騙了吧？……諷刺的是，點燃社的成員們經過這半年來的讀書會和創業競賽營運經驗，已經成長到能夠如此系統化地冷靜分析了。

這天的會後會，充斥著明顯異於平時的奇妙緊張氣氛。吉原學長似乎深信他的信徒們絕對會爭先恐後地請纓說：「請讓我協助學長的第二次挑戰！」他臉上掛著比平時更友善的笑容，小口小口抿著啤酒，頻頻窺看成員們的臉色。然而，幾乎沒有人去找他說話。每個人都像弱小的生物一樣，在角落邊的桌位盡可能縮得小小的，窸窸窣窣地討論著。

「什麼線上創業補習班啦！我真的覺得被背叛了耶，誰要幫忙那種東西啊？對了，我有個讀國際基督教大學的國高中同學說要成立一個新的校際創業競賽營運社團。他說想要有經驗的人，應該會向各大學招募優秀人才，或許可以得到比現在更壓倒性的成長。下星期我要去跟他喝酒，有人要來聽聽看嗎？」

村松把我拉進小動物的巢穴，莫名神氣地說。他身邊有四個被視為點燃社新星的優秀一年級生，個個一臉知情，得意地賊笑著，看來村松的挖角行動早就進展得差不多了。要是他們全走光了，明年的活動肯定會辦得相當辛苦。

真想聽聽沼田學長的看法。這是我第一次有這種念頭。雖然令人不甘心，但能夠阻止吉原學長瘋狂計畫的人，我只想得到沼田學長了。無論是沼田學長說服吉原學長放棄創業補習班，或是沼田學長加入創業補習班的創設，讓眾人覺得「這下就沒問題了」，哪一種都好，總之我想要力挽狂瀾，阻止成員們背棄吉原學長而去。

「也沒什麼不好吧？雖然我沒聽說事業的詳細內容，反正八成很爛，既然本人想做的話，讓他去自由發揮就行了吧？」

這天也沒缺席聚餐的沼田學長，異樣開心地對著在廁所前埋伏的我說。

「沒辦法啊，他異常缺乏創業眼光。要是事先找我商量一下，我還能給他一點最起碼的建議吧。」

沼田用起毛球的深藍色棉襯衫的肚子部分抹了抹溼答答手，又像平常那樣嘻皮笑臉。

「可是他那個計畫，該怎麼說……」

「不像吉原學長？你不想看到帥氣的吉原學長做那麼遜的事？」

沒錯。被一語道破，我覺得開心。這是我第一次因為沼田學長而開心。

「你不是喜歡那種認真又熱情的人嗎？現在正是你向吉原大師表忠的大好機會啊。」

為了尋求一線生線而輕率接近沼田學長的我真是個白痴。看著沼田學長那一如往常、嘻皮笑臉的賴皮嘴臉，他那天說的話重回腦海。

「你說他認真？」「我倒覺得全世界再也沒有比他更不認真的人了。」

這時我想起來了。那天沼田學長在廁所前丟給我的那個問題，我因為完全無法理解，就這樣丟在記憶深處某個不起眼的角落了。

「……不過我怎麼老是在廁所前遇到你？你頻尿啊？」

沼田學長丟下這話，回去聚餐的夥伴那裡了。

◇

醒來一看，我身在陌生的房間裡。

我人躺在一張黑色皮革沙發上，被踢掉的毯子在腳邊捲成了皺巴巴的一團。好像是暖氣開得太強，白費了某人體貼蓋上的毯子。

頭很痛，而且很想吐。好想喝冰水。張望一看，這裡似乎是客廳，占滿牆面的大窗戶外，熟悉的街景在極低處顯得渺小極了。

「你醒了。」

聽到動靜的吉原學長用玻璃杯裝了飲水機的水端來給我。我總算發現，這裡就是他住的那棟武藏小杉塔樓公寓。我一口氣喝光冰涼無比的開水，感覺乾涸的內臟緩慢地活動起來。

「你難得喝醉，我身為代表必須負責，所以叫計程車把你載回來了。我這個學長很夠意思吧？不過我自己也宿醉得很厲害。」

吉原學長笑道，也咕嘟大口灌水。昨天的記憶朦朧浮現。和沼田學長有過那段對話以後，我回到眾人喝酒的餐桌，為了排遣煩悶，一杯又一杯灌下日本酒和燒酎，煩人地糾纏每一個人，然後……就斷片了。就算回想起來，大概也只會想死，所以我沒有繼續挖掘記憶，也不再追問。我只是用幾乎聽不見的聲音不停地向吉原學長道歉說：「對不起、真的對不起……」結果他捧腹大笑起來。

「去泡個澡吧。等你好點了，我們去吃午飯。」吉原學長這麼說，我決定接受他的好意。我泡在我房租六萬圓住處的三件式衛浴完全無法相比的大浴缸裡，久違地盡情伸直了兩腿。吉原學長說，平井學長像平常一樣喝得爛醉，高喊：「再多喝點嘛！」往喝醉睡著的我頭上澆啤酒。我身上的長袖T恤當時被搞得黏答答的，所以吉原學長借了乾淨的衣物給我。不知名牌子的黑色運動服散發出柔軟精宜人的香氣。

吉原學長說附近有家好吃的漢堡店，帶我去那裡。最便宜的經典漢堡也要一千四百圓，還不附飲料，所以我猶豫萬分，吉原學長見狀說「今天我請客，想吃什麼盡量點」。我很不好意思，想要點最便宜的經典漢堡配開水，結果吉原學長笑說「就叫你不要客氣了」，自作主張幫我點了跟他一樣的一千八百圓的切達起司漢堡配可樂。

「說到那個我想做的線上創業補習班……」

飲料送上桌後，吉原學長把吸管插進可樂裡，開口說道。

「你坦白說，你覺得怎麼樣？」

他一邊吸著可樂，一邊直勾勾地看著我的眼睛。

「你不是喜歡那種認真又熱情的人嗎？」

沼田學長的聲音在腦中迴響。「我超感動的！絕對會成功的！」拼這些話敷衍過去固然簡單，但我不想這麼做。我不想再看到吉原學長被那群只會以評論家自居的傢伙們在背後指點嘲笑了。

「……老實說我滿驚訝的。至少在商業競賽圈裡，創業補習班、線上沙龍這類商業模式，不是被視為禁忌嗎？我不明白為什麼吉原學長會刻意選擇這種形式。」

「果然會這樣想呢……」

吉原學長聽到我的真心話，假惺惺地擺出嚴肅的表情點點頭。

「不是有位宇治田先生嗎？你還記得嗎？」

吉原學長面不改色地說出令人意外的名字。

「其實宇治田先生上次的活動有來。」

我第一次聽說。確實，吉原學長是點燃社的代表，負責應對客座評審和前來觀摩活動的新創圈人士，所以就算他見到了宇治田先生，也十分合理。而且，如果宇治田先生聽說自己去年批評得一文不值的學生依照自己的建議，加入活動主辦團隊努力經營，會覺得有責任而過來看看，或許才是自然的。

「當天我也很忙，宇治田先生也只是來看一下而已，但我還是跟他說了我在這一年學到的事，還有目前感興趣的領域，像是社會公益結合教育那些。結果宇治田先生提議說：『你可以開個以高中生為對象的創業補習班啊。其實最近我也對培育年輕人的創業家精神很有興趣』。」

我感到渾身失去力氣，直到上一刻的積極，也像洩了氣的皮球一樣徹底消風了。

「宇治田先生說他個人在做天使投資，正在尋找投注資金的種子公司。如果他願意支持我，我絕對可以成功。」

可能是沒發現我的心境轉變，吉原學長仍以他平時那種燦爛的笑容接著說了下去。換句話說，是因為宇治田先生叫他這麼做、因為宇治田先生說有勝算，單單就為了這樣的理由，吉原學長明知道一路跟隨他走到這裡的點燃社成員們都會反對，依然選擇了那個事業。

「大家想說的我也明白。可是我想要成功。我真切地想讓宇治田先生、讓這個社會看到，多虧有點燃社的大家支持，我才能得到這樣的成長。」

吉原學長接下來的話我完全聽不進去。漢堡送來了。吉原學長的長篇演說還沒有完，所以我沒有開動，繼續假裝在聽。我用眼角餘光頻頻偷瞄漢堡肉上柔軟融化的起司一點一滴變得冷硬，最終無可挽回的模樣。

我總算理解沼田學長那天說的話了。

吉原學長是個不認真的人。至於是哪裡不認真，他對自己的人生根本就不認真。

吉原學長說的全都是借來的話。他從別處借來煞有介事的話，再用那張英俊的臉孔吐出來，只是這樣而已。事業計畫是如此，連他口口聲聲談論的夢想也是如此。他不是在說自己的話，不是自己扛起責任在過自己的人生。也許這是因為第一次的創業失敗，就像某人曾經在大教室講台上經歷的那樣，讓他膨脹的自尊心遭到了致命的摧毀。由於極端恐懼為自己的失敗負責，結果他開始把責任轉嫁到別人說的話上頭了嗎？

他會決定加入點燃社、在點燃社那樣努力，以及不惜背叛點燃社夥伴也決定要做那樣的事業，乍看之下似乎邏輯不通，但在他的內心，全是基於相同邏輯的一致行為。

理解到這一點的瞬間，吉原學長的話語就再也無法傳進我的腦中了。

「然後，之前你不是說想要幫我，當實習生也行嗎？你現在還是有這個意願嗎？」

吉原學長露出假惺惺的不安神情，看向我的眼睛。他完全不把別人當一回事，而且還滿不在乎地想把別人扯進他全是借來事物的人生。他堅信自己魅力無邊，所有人都會喜歡他，而且自己也天經地義值得這樣的對待。因此他無法察覺人們正從他身邊離去。他同樣堅信永遠不會發生這種事。所以他眼前的我現在是什麼樣的感受，他應該壓根都想像不出來吧。

「……學長不找沼田學長嗎？」

我沒有回答問題，而是搬出那個人的名字。那個人也許是全世界最渴望被吉原學長邀約、卻也絕對不可能表明這個心願的人。

「沼田？他確實很懂商業，不過我覺得這部分，宇治田先生能給我更好的支援，而且……」

說到這裡，吉原學長咬了口涼掉的起司漢堡。

「……我不是很喜歡沼田，應該說滿討厭的吧。我一直沒有動用代表的權限把他趕出社團，但關係到自己的事業，就另當別論了。合夥創業人是最重要的夥伴吧？我絕對不會找他。應該說，他八成也很討厭我，就算我找他，他也絕對不會答應啦。」

「是這樣嗎？」

我只應了這麼一句，和吉原學長一樣咬了口起司漢堡。涼掉變硬的起司吃起來味如嚼蠟。

◇

隔週的星期六早上七點。這天天氣晴朗，但氣溫很低。

這是我第一次在東白樂站下車，一走出驗票閘門，就看到認識的臉孔。沼田學長站在那裡，臉上掛著平常的嘻皮笑臉。

「你怎麼會突然想到要打坐？是現在才對已經退燒的正念冥想感興趣了嗎？」

「不是，我從以前就一直想嘗試，然後以前聽平井學長提過，沼田學長有時會去寺院打坐。」

沼田學長彷彿對我的動機沒什麼興趣，不等我說完便轉過身去，朝寺院走了過去。

我不曉得寺院是否有「常客」這樣的概念，總之沼田學長好像經常來這間寺院打坐。點燃社的成員聽說蘋果和谷歌的員工都有在打坐，所以好像舉辦過幾次打坐之旅，但只有沼田學長一個人像這樣持之以恆，表示其他人都半途而廢了吧。

閉上眼睛，看見一片黑暗。與睡著時不同，可以奇妙地感受到閉上的眼皮底下，黑瞳仍在確實地運作著。常聽到的「無我境界」不可能兩三下輕鬆達到，先是各種瑣碎的雜念浮現，紛擾來去，像是冬天的寺院好冷、已經過了幾分鐘。然後胡思亂想仍用不完的時間，我都拿來思考吉原學長的事。

對不起，那件事請當作我沒說過——我對著涼掉的漢堡這麼說，吉原學長一瞬間露出驚訝的表情，但立刻變回平時那種寬容又從容的表情，只喃喃了一聲「這樣啊」。我再次說了句「對不起」，心想大概差不多這個價錢，放下兩張千圓鈔票，結果被推了回來：「不，我不能收。」我把千圓鈔票揣進口袋裡，返回隔壁車站的租屋處。下午一點多。打開緊閉的窗戶，沁涼又蒼白清澈的十一月微風吹了進來，拂過我的臉。就像平常一樣，看得到吉原學長住的塔樓公寓。往後我再也不會看著那棟公寓，沉浸在污濁的情感之中了吧。

吉原學長下一步會怎麼做呢？

為了避免誤會，我得聲明，我認為吉原學長的事業會小有成就。他確實對人生不認真，但也不是說對人生認真的人，道德就比較高尚，或是更接近經濟上的成功。反倒是那些能撇開自我意志、將一切全押在其他聰明人的看法上，或是能說些違心之論的人，能靈巧做到這些的人，人生應該會更順遂吧。吉原學長對人生一點都不認真，對別人大談「理想中的自己」，自身卻對此毫無策略，一切都只是照著別人的指示走，甚至把責任轉嫁到別人身上，但他的事業，以及他的人生，一定都會獲得成功。即使失敗了，在本質的意義上，他也不算失敗。因此他將永遠是一名成功者吧。這對吉原學長來說，應該是一件幸福的事。

我是想成為吉原學長嗎？

之前我對他毫不理解，一味地崇拜他。坦白說，那甚至不是崇拜，只是姑且將吉原學長這個拿來跟任何人說都不丟臉的存在供奉在自己的神壇上，藉此逃避思考自己的人生。我一方面批評村松那些以評論家自居的人，卻也想要搭吉原學長的順風車，輕鬆過日子，不是嗎？

「希望大家能夠透過點燃社實現理想中的自我。」

我是否永遠也找不到這個問題的答案，就只是乾坐在原地，不知不覺間徹底失去整個青春？

這樣應該是不對的，但我在打坐時把眼睛睜開了一條縫。要是轉頭，可能會被後面的和尚用棒子打，所以我只轉動眼珠，偷看坐旁邊的沼田學長。他挺直背脊，閉著眼睛。唯有身體隨著平順的呼吸緩慢而細微地起伏，顯示他還活著。

與我不同，累積不少打坐經驗的沼田學長或許已臻無我境界，但如果他正在想些什麼，那會是什麼呢？醒悟到自己對那個人的願望永遠無法實現時，徹底放棄行動的沼田學長，還能再次動起來嗎？或者是會永遠——

想到這裡，鐘聲響了一下，宣告打坐結束。鬆開盤起的腿，腳背都麻掉了，無法正常走路。沼田學長看到這樣的我，愉快地笑了。

◇

因為才九點多，沼田學長說「去吃早飯吧。但我可不請客」，也不問我的意見，徑自快步走進寺院對面的家庭餐廳Gusto。我只好跟了上去。沼田學長點了鬆餅套餐，我點了吐司和荷包蛋套餐。

「反正打坐期間，你都在胡思亂想吧？」

「對。我在想關於吉原學長的不認真。」

我老實回答。沼田學長的臉醜陋地扭曲了。

「你終於發現啦？」

「大概。」

我一樣老實回答。沼田學長的臉扭曲得更醜陋了。

「沼田學長打坐的時候在想什麼？」

「祕密。我怎麼可能告訴你？」

沼田學長說，滋滋啜飲從飲料吧裝來的熱咖啡。沉默。這要是平常的沼田學長，一定會不顧旁人的尷尬，我行我素地繼續喝他的咖啡。但今天不同。

「那……你心愛的吉原大師變成那副德行，你要怎麼做？你真的打算去給他當免費實習生？是說，吉原已經邀你們了嗎？要是被他邀請，想拒絕的藉口也很辛苦吧。」

沼田學長臉上掛著他一貫的嘻皮笑臉，卻用有些異於平時、迂迴刺探的語氣問道。他問得輕巧，但對他而言，這個問題想必具有左右他人生的分量。該怎麼回應才好？我的腦袋當機了。Converse球鞋裡的腳還有些麻木，罩著一層薄薄的刺痛感。我試著彎曲拇趾，但不太順利。不會一直這樣下去吧？一股微小的不安湧上心頭。這時，我想像起再也無法走動的恐懼、再也無法走動的人生會有多麼悲慘。不知不覺間，對沼田學長的回答脫口而出：

「……不，他有邀我，但我拒絕了，他沒有邀沼田學長嗎？」

店員先端來鬆餅，輕輕放到沼田學長前面。喀鏘一聲，瓷盤輕敲出來的無感情聲響填補了一瞬間的沉默。我觀察沼田學長的眼睛。我冷酷地觀察，不放過那雙眼睛深處的、類似淒慘狼狽的情緒。

「我不曉得是不是真的，不過宇治田先生好像會支援吉原學長，也打算出資。學長說那個事業內容也是宇治田先生建議的。我覺得也是有可能成功啦。沼田學長如果想幫忙的話，要我去跟吉原學長拜託嗎？反正吉原學長沒邀你吧？」

還有其他人也發現了理應只有自己識破的吉原學長對人生的不認真，並予以肯定，這樣的喜悅似乎早已從沼田學長的心中徹底煙消霧散。取而代之的，是沼田學長對某人的信賴又一次、而且是更深刻地遭到背叛的絕望。一度受傷的他笨拙地緊抓住不放的最後的希望應聲折斷，將他推入了絕望的深淵……

沉默持續著。這次是我的套餐上桌了。我不想連續兩天都眼睜睜看著食物涼掉，便趁著菜剛上桌，用刀子戳破荷包蛋的蛋黃。蛋黃濃稠地流出，染黃了潔白的蛋白，以及和沼田學長同款的白色餐盤。

「我拒絕他了。就算相信那種不認真的人追隨他，最後也一定會被他背叛、拋棄。

反正他一定也很快就會放棄線上創業補習班，又會照著別人說的，跑去搞別的事業。沼田學長，他沒有邀你，這樣才好！最好不要再跟那種人扯上關係了。」

沼田學長沒有說話。我將厚片吐司撕成小塊，沾裹流出來的蛋黃放進嘴裡。然後我再次觀察沼田學長的眼睛。代表選舉的結果揭曉時，他一定也是現在這樣的眼神吧。用這樣的眼神，筆直地看著背叛犧牲奉獻的他、卻絲毫不感到抱歉的人們——

「沼田學長接下來打算怎麼做？」

這個問題不是攻擊，而是出於真切的憂心。因為我覺得沼田學長再也去不了任何地方、再也動彈不得了。

沼田學長，放手吧。

不要再等待吉原學長了。你已經悟出等待吉原學長是白費功夫，不要認真去想之後的人生要如何度過了。漫無目標的我們，為了讓人生稍微像樣一些，加入了高意識社團，累積了足以在求職面試中炫耀的經驗，這樣不就夠了嗎？根本沒必要為了那個身受無法痊癒的傷而壞掉的人，連沼田學長你自己都一起壞掉啊。

對了！我們最近找到了新的「吉原學長」喔！

「沼田學長，要不要一起創立新的校際商業競賽社團？聽說村松那些跟我同屆的，還有平井學長他們也要參加喔。大家都放棄吉原學長了。沼田學長要不要也一起加入？」

要是拒絕這個邀約，或許往後再也不會有人拉你一把囉？就算一直坐在那裡等吉原學長，也是沒用的喔。因為我問吉原學長你不找沼田學長嗎？你猜他怎麼回答——？

無聲。沼田學長再也無法動彈了。靜默無語，就只是坐在那裡。

◇

我隨便找了個藉口說跟朋友有約，把吐司全吞下肚後，將昨天沒能交給吉原學長的皺巴巴千圓鈔票放到桌上，一個人離開了餐廳。

「謝謝你邀我。」小小聲地，沼田學長確實這麼說了。結果他對我的邀約沒有做出明確的答覆，但已經足夠了。

我從東白樂站搭上東橫線。空曠的車廂裡，對面車窗因陽光太強，沒有倒映出任何景象，但若是倒映得出來，現在的我，是比較像吉原學長，還是沼田學長呢？一個是不認真地向前奔跑，拋下一切，另一個則是坐在原地認真思索，結果雙腳麻痺動彈不得。我能夠驕傲地挺胸宣稱，我的內心沒有任何一絲他們各自懷抱的那種虛無嗎？

電車抵達新丸子的車站了。站前商店街人影稀疏，淡藍色的天空不見半片雲朵。靜謐美麗的早晨就在那裡，彷彿剛才那些從未發生過。不知不覺間，腳的麻痺完全消失了。我的腳聽從我的指揮活動，將我的身體不斷地運往前方。年輕的我一定——至少還可以前往任何地方。我點開LINE，回覆訊息給村松。

你上次說要新成立的商業競賽社團，我也想加入。

還來得及嗎？

訊息立刻顯示為已讀，村松回覆「當然來得及」。沒錯，還綽有餘裕。即使這條路走錯了，我的眼前一定也還有無限多條路。拋下某些人，從不認真選擇的這條路轉到另一條路，永遠地跑下去。總有一天一定能跑到某個終點吧。雖然不曉得能否在那裡得到想要的事物，但至少會是比現在更好的地方——我只能毫無根據地如此相信，繼續往前跑。

和學校考試不同，那裡一定不存在絕對正確的唯一解答。成功地模仿著別人往前跑的我，應該會在某一時刻和某人一樣停下腳步，或是害怕永遠停步，再次不認真地邁步前行。如此愚蠢的每一天的蛇行將會化成扭曲的軌跡，逐漸形塑出我的人生。

第二章
平成三十一年

二〇一九年四月，我從早稻田大學政治經濟學院畢業，應屆進入位於大手町的人力資源龍頭企業帕森斯人資顧問公司。在求職大學生之間，「帕森斯」極為搶手。許多學生被「徹底奉行實力主義，年資不拘，誰都有機會被拔擢為經理或子公司社長」、「一堆員工三十歲就年收破千萬」等浮誇宣傳所吸引，放棄貿易公司或廣告代理商的內定，進入帕森斯。我在大學研究室宣布我拿到帕森斯內定的消息，每個人都羨慕地說：「天哪太厲害了！要變成職場女強人了！」「確定人生勝利組了！」

「以拿下新人獎為目標，從第一年就馬力全開，全力展現價值！」

四月一日。總公司大樓十八樓的員工餐廳舉辦了氣氛輕鬆的入社典禮，活力充沛的宇治田社長以詼諧語氣對新進員工喊話。宇治田社長年約四十五歲，已是赫赫有名的傳奇創業家，數年前出版了自傳《通宵工作的社長的告白》，博得團塊世代[3]壓倒性的支持，但聽說也引來公司內外的批評，說他「與時代脫節」、「向員工傳遞錯誤訊息」。事實上，在場約一百名身穿西裝套裝的新進員工們也是，有一半邊做筆記邊用力點頭，另一半卻是站沒站相、一臉索然，像是心想「在講什麼鬼話啊」。

入社典禮結束後，是遊戲式研習時段。眾人分成六人小組，在員工餐廳一邊吃午餐，一邊在小組內各自發表「想在帕森斯實現的目標」。是為了從明天開始的正式研習、以及往後漫長的職場生活提振幹勁，並加深同期之間的「情誼」，完全是帕森斯老鳥會喜歡的研習活動。

「我要全力投入工作！創造壓倒性的價值！絕對要拿到新人獎，站上年度大會舞台！」

在我那一組，首先是栗林威風凜凜地如此宣稱。他兩三下就扒光大份豬排咖哩、連飯後咖啡都一口氣灌光了。

帕森斯設有公司內部表彰制度，準備了大大小小各種獎項，像是每月MVP、年度最佳經理獎等等。其中最受矚目的，就是年度末的三月在年度員工大會上公布、頒發給表現最好的第一年新進員工的「新人獎」。據說所有在帕森斯活躍的人，如最年輕的董事、子公司社長，都曾拿過這個新人獎，可謂是邁向升遷之路的關鍵門檻。栗林誇下海

---

3 團塊世代即日本戰後嬰兒潮出生的一群人，為經歷日本經濟榮景的一代。

口說要拿下本年度的新人獎，在年度員工大會的舞台上從宇治田社長手中領取獎盃，讓往後的職場生涯更加光輝燦爛。栗林的人生藍圖非常簡單。他認為只要亦步亦趨地跟隨帕森斯前輩們的腳步，自己應該也能得到一樣滿足的人生。

「那，按照順時鐘方向，下一個是沼田！」

可能是平時就意識到要為晉升經理做準備，栗林即使在同期的聚餐中，也習慣性捨我其誰地主持全場，他朝著坐我對面的男子指示道。

「咦？第二個就是我喔？這個嘛……」

正唏哩呼嚕吸著蕎麥麵的無框眼鏡男子嘻皮笑臉地放下筷子，搔了搔頭，沉默了數秒。他蒼白的下巴到喉嚨散布著沒刮乾淨的鬍碴，看起來很邋遢。

「呃，這是說老實話的場合嗎？」

接下來我要說一些偏激的話，可別嚇到喔，是你們逼我要老實說的喔——聽起來像在打這樣的預防針。

「是啊，帕森斯最重要的規定之一，就是絕對不否定真誠的發言。」

栗林正經八百地這麼回答，沼田的嘴巴再次醜陋地扭曲，露出一抹賊笑。

「我希望被分發到總務部之類的超涼單位，只做不會被開除的最基本工作，每天準時下班，然後……是啊，下班後我想去皇居慢跑之類的。」

我懷疑自己聽錯了，但看到其他人也露出跟我一樣的表情，放下心來。只有栗林似乎正拚命思考要如何才能不否定沼田的發言，繼續主持。他似乎判斷最好趕快交棒給下一個人，也就是我。他以求救的眼神直盯著我看，我也承受不了尷尬的沉默，故作開朗地隨口宣布：「呃……我也要以新人獎為目標！栗林，我們一起切磋努力吧！」

◇

這天晚上，人事部在中午的員工餐廳舉辦了一場小型迎新會。會後好像還會換地方再繼續第二攤、第三攤，但我還不習慣公司的氛圍，整個人累壞了，沒有參加續攤就回家了。

從大手町站搭乘三田線，在神保町轉乘都營新宿線，再繼續搭個三十分鐘，在本八幡站下車。雖然有點繞路，但我盡量走明亮的大馬路，走路十五分鐘回到家。通勤時間加起來總共約一小時。我家位於透天厝密集的寧靜住宅區，是由積水房屋興建的、比周圍更大一些的兩層樓透天厝。

我盡量不發出聲響，安靜地將鑰匙插入鎖孔，安靜地轉動解鎖，再安靜地抽出，以做了素雅凝膠指甲的右手安靜地握住吸滿初春冰冷空氣的鋼製門把，向外拉開。門發出一道輕微的「喀嚓」一聲，安靜地打開來，屋內橘色的光暈飄散而出。純白的壁紙、明亮的橡木地板。裝飾架上，透明玻璃花瓶裡插著兩枝白色的土耳其桔梗。充塞著這整齊空間的完美幸福，讓我幾乎快窒息了。

「妳回來了。」

屋內深處傳來母親的聲音。母親每天打理這個美麗的家，對於至今還住在家裡的二十二歲女兒澆灌充分的關愛。空氣中飄來煮羊栖菜的香味。應該就像平常那樣，還加了黃豆、蒟蒻丁那些吧。明明我早上已經說過今天公司要聚餐，不用幫我準備晚餐了。母親是想到身為新人的女兒萬一在有許多前輩的聚餐上不好意思，不敢多吃，可能會因此餓著肚子深夜回家，就實在忍不住要幫女兒準備不造成腸胃負擔的清淡食物嗎？

面對母親默默遞上來、不索求任何回報的慈愛，我實在不知該如何是好，今天也像這樣佇立在玄關。

一直到我讀幼稚園為止，我們家都住在西船橋的公寓，上小學的時候，在貿易公司上班的父親才蓋了這棟房子。直到高中我都讀附近的公立學校，大學也在一小時的交通範圍內，所以直到今天，我都一直住在家裡。

母親從女子大學畢業後，在職場認識父親並結婚，現在是家庭主婦。娘家好像是在這一帶有好幾塊土地和大樓的地主，我們家也是蓋在外公的土地上。

身為貿易公司職員的妻子，按理應該是簡樸的家庭主婦，然而母親現在依然有種不食人間煙火的奇妙貴氣。大概是因為她生長在富裕之家，從小被富養長大，因此可以毫不遲疑地向他人展現善意吧。我的母親絕對不是所謂的「毒親」，不僅不是，她還是個溫柔慈愛的母親。父親因為一個人去派駐外地或加班到很晚，經常不在家，因此我在這個家絕大多數的時光，都是和母親兩個人度過。那是無比溫柔又安穩的時光。儘管如此，我卻對這個幸福美好的家感到極不自在。對於自己竟抱有如此感受，總讓我覺得有某些致命的缺陷，老是處在淒慘的不安情緒裡。

◇

短暫的研習一眨眼就結束了，四月黃金週連假前夕，有一場部門分配發表會。在會上，我被告知分配到營業本部。帕森斯的基礎事業是名稱簡單直白的求才服務網「快樂職人」，網站依顧客市場做區隔，比方說「快樂職人應屆畢業生」是尋找應屆畢業生人才，「快樂職人高階人才」是尋找轉職人才，而「快樂職人打工」則是招募打工人員。各個媒體有自己的營業部門，我被分配到的是營業總部裡的「快樂職人打工營業部」。

而我被分配到的工作，是打電話到各家餐飲店開發業務，如果順利約到時間，就在餐廳離峰時段拜訪，一筆筆簽下一件三至五萬圓、最多也只有二十萬圓的案子。我負責的區域，是打工營業部裡單價也特別低的五反田。就這樣，我穿著隨便挑選的休閒辦公服和方便行走的包鞋，展開了每天往返於大手町和五反田之間的日子。

開始上班一個月了。連自己都意外的是，我對這份工作還頗為滿意。比起和每個客戶深入打交道，我從以前就相對更擅長這種蜻蜓點水式的人際關係，也樂在其中。

最重要的是，我和上司很投合。

「照這個進度，沒辦法達成每月業績吧？」「你要怎麼填補不夠的部分？」「你打了幾通開發電話？」「怎麼會覺得這樣就夠了？」「明知道不夠，為什麼不做？」「具體的目標數字是多少？」「時間不夠，是要怎麼達成？」「你是不是在找理由搪塞？」「你不覺得這個數字，就反映了你的工作態度嗎？」

下午五點回到公司後，就有俗稱的「檢討會」，必須在全課面前向濱口課長報告當天的業務成果。濱口課長是我們打工營業部二課的女主管，才二十六歲，今年春天剛成為全公司最年輕的課長。可能是天生個性使然，她與人溝通時，總是條理分明，讓人毫無反駁的餘地。檢討會上，即使是業績不錯的人，也一定會被她挑出可以改進的地方。部門成員都很受不了，每次檢討會結束，都會一邊返回座位，一邊小聲彼此安慰「今天也好嗆喔」、「真是辛苦囉」，這已是司空見慣的景象了。

「老媽子」。不知不覺間，開始有人背地裡這麼稱呼濱口課長，課裡的人都覺得這綽號滿好笑的。濱口課長比幾乎所有的打工營業部員工都還要年輕，刻意叫她老媽子，這樣的反差實在有趣，但主要還是因為她沒完沒了地雞蛋裡挑骨頭、略帶傲慢又神經質的態度，實在太符合世人心目中典型的「老媽子」形象吧。

但我並不討厭這樣的濱口課長，反而很喜歡她。被人挑毛病當然不是愉快的事，前輩們小聲安慰「別難過」的時候，我都會擺出菜鳥樣，一臉困窘地傻笑說「好慘喔」。但其實內心並不怎麼覺得難過，反而有種奇妙的爽快。

最重要的是，我真的不覺得濱口課長像「老媽子」。

◇

「欸，我整個人肥了一圈耶。妳猜我胖了幾公斤？」

鋪著白色桌巾的餐桌對面，由衣夏捏起黃色夏季針織衫底下的游泳圈肉給我看。這是六月中旬的某個星期六，雖然沒下雨，天空卻十足梅雨季特有的灰。麻布十番的義大利餐廳明亮的店內座無虛席，沒訂位的客人都被婉拒入店。

自從我被分配到打工營業部以後，上午都會去五反田，在各家餐飲店洽談業務直到傍晚，然後趁著中間的空檔打「陌生開發電話」，賣力聯繫還沒有業務往來的潛在客戶推銷。由於過著這樣的每一天，我好久沒像這樣跟同期悠閒吃午餐了。

青山學院大學畢業的由衣夏是同期裡跟我最好的一個。她有著像小動物一樣可愛的臉蛋，個性開朗，對每個人都一樣親切。她來自富山，曾經報名一個不曉得誰會參加、也不是她故鄉的當地選美比賽「深谷蔥小姐」，拿了亞軍，還上過播音員學校，過著人們想像中的美女大學生生活，但似乎還是無法成功擠進電視台主播的窄門。然後她以「好像很光鮮亮麗」為由進入帕森斯，被分配到快樂職人高階人才營業部。

我也跟著由衣夏一起捏了捏自己的肚子肉。指頭明確地觸碰到學生時期應該不存在的柔軟質量。我自己也在這一個月就胖了兩公斤。餐飲業者每一個都服務精神旺盛，而且人情味十足，我上門拉業務，要是成功簽約，他們會客氣道「以後請多指教」，通常會做點什麼給我吃，就算沒成功，也會說「等我們需要徵打工，一定會找妳」，接著一樣端點什麼給我吃。我也不好拒絕人家的好意，總是把端出來的料理吃個一乾二淨。

眼前擺著跟由衣夏一樣的卡波納拉義大利麵。由衣夏似乎早就忘了剛才變胖的發言，用叉子捲起一團碳水化合物，送入口中，讚嘆：「好好吃！」

她所屬的快樂職人高階人才營業部，是營業本部裡最賺錢的部門，業務量也很大，過往每月加班量似乎動輒超過一百小時。但是被分配到那裡的由衣夏，口頭禪卻是「人生又不是只有工作」。實際上她每天都踩在九點遲到邊緣進公司，晚上六點準時下班，整天跟同期在銀座和六本木一帶吃喝玩樂。這樣的生活過下來，一公斤的脂肪似乎積沙成塔地黏到她身上了。

「對了，不是個有跟我一起分到高階人才營業部的小林嗎？東京理科大學畢業的那個。他上星期突然離職了說！好像要跳槽去顧問公司。既然這樣，幹嘛不一開始就去那裡嘛。交接什麼的搞得一團亂，而且讓留在帕森斯的我們感覺就像傻瓜，總覺得好氣。」

兩三下就掃完義大利麵的由衣夏，用麵包抹著盤子上油膩的白醬，發著如此牢騷。這是第六個了，我在腦中計算。進公司才兩個多月，一百名同期裡面，已經有六個人離職了。他們跳槽的新東家形形色色，從歡迎第二批應屆畢業生的大型系統顧問公司，到迅速成長的新創公司都有，但這些人的共通之處，是覺得「在帕森斯已經沒有壓倒性成長的機會了」。這家創立超過二十年的大型新創公司儘管標榜「永遠的新創公司」，但其實已經逐漸失去外界印象中帕森斯原有的那種氛圍了。為了遵守勞動法規，最晚只能加班到晚上十點，每個月加班總時數也不能超過四十五小時，除了濱口課長那種例外，幾乎所有人都是依據年資，沒什麼特別理由地逐步往上爬。以前有許多人為了追求職涯發展，跳槽到其他新創公司或外資企業，但聽說最近也大幅減少了。現在這間公司，員工不像創立初期那樣拚命，也無望獲得壓倒性的成長，卻只有過去光鮮亮麗的氛圍依然留存。

即使如此仍留在公司的多數派，似乎反而很享受這樣的矛盾。相信「人生又不是只有工作」的似乎不只由衣夏一個人，它逐漸成了二〇一九年應屆入社組的口號。領著比大學同期更優渥的薪資，穿著自由又時尚的服裝走進大手町閃亮亮的辦公室上班，在聯誼和大學畢業生聚會上炫耀公司名片，卻也沒有要發揮符合薪資價值的傲人志氣，每天準時下班去喝酒。換了新年號，如今社會輿論逐漸認為燃燒生命為工作打拚不僅不是優點，反倒弊害更大，因此彼此說著「人生又不是只有工作」，手握二十幾萬圓的月薪，在銀座和六本木玩樂，這樣的生活態度反倒才是正確的吧。

當然也有例外。首先就是我。我曾在晚上七點多加班時，接到由衣夏的ＬＩＮＥ

奪命連環叩。她一定是六點多就跟同期跑去喝酒，已經喝醉了吧。我在下班後的八點半左右回電，不出所料，似乎已喝得爛醉的她以廉價居酒屋特有的喧鬧為背景音，半發飆地逼問我：「妳幹嘛那麼拚啦！」

為什麼這麼拚？確實，雖然並未超過嚴格的加班時數，但我的工作量起碼比其他同期還要多。這件事最讓我自己感到驚訝。我只是因為會念書，不知不覺進了不錯的大學而已，也不是在大學四年內找到了什麼想做的事。我會進入帕森斯，理由應該也和其他同期一樣，為什麼卻只有我彷彿找到了終於可以盡情呼吸的地方，開開心心地樂在工作？

栗林也是例外之一。他是個彷彿精力用不完的人。他和由衣夏一樣被分配到高階人才營業部，但不同於由衣夏，他認真投入工作，卻也玩得跟由衣夏一樣多。每天同期LINE群組都會相邀聚餐，栗林加班結束後似乎都會去參加。

我想起有一次，栗林照例也參加的聚餐上，認識大學時代的他的同期揭露說：「栗林神氣地說什麼他大學的時候是音樂社團代表，其實是曼陀林社的陰沉宅男。」栗林當場漲紅了臉反駁說：「我現在回老家，家鄉的小混混都還是會來跟我打招呼好嗎！」小混混。五短身材、長相像嬰兒的栗林和這個字眼實在太不搭，惹得眾人都笑翻了。

這麼說來，我想起在帕森斯的應屆生招募說明會上看到中堅員工的時候，覺得「大家都長得好像」。以帕森斯為代表，在二〇一〇年代風靡一世的「高意識系光鮮亮麗大型新創公司」，說穿了或許就只是有著相似的成長背景、相似的學歷，以及「想要努力工作賺大錢、獲得壓倒性成長」的相似價值觀、雷同性極高的一群人。以結構來說，完全就像是小混混家家酒。在做為第二個「故鄉」的公司裡，依循一定的規範爭奪分數、認同彼此。難道栗林是在嚮往逐漸消失的小混混文化、而且是乖寶寶版本的小混混模仿遊戲嗎？新人獎這個夢想，或許也是他為了在小混混家家酒裡贏得高分，無論如何都必要的環節。

那麼，脫離了這種愚蠢小混混家家酒的其他二〇一九年應屆畢業入社組呢？如果「人生不是只有工作」，他們想要用工作以外的什麼，來填滿人生的空白呢？

不能忘了最後一個例外。也就是沼田。

首先，沼田在新進員工培訓時鬧出了一起風波。事情發生在與營業本部並列為熱門部門的經營企畫室的小組討論研習時。經營企畫室負責統籌各種新事業和子公司，如同帕森斯集團的智囊，能夠進入那裡，意味著被社長期待將來擔任經營團隊的重要角色。聚集在會議室裡的大部分新進員工，內心肯定都暗自立下決心：「一定要在經營企畫室的前輩們面前好好表現，讓自己在部門分發時更有利。」

我有個同期前橋，畢業於御茶水女子大學，個性認真又熱心，從以前就一直很想去經營企畫室，所以連隔壁組的我都能感受到她有多拚命。然而她真的衰到不行，居然被分到跟那個男的同一組。

「為什麼！為什麼你就是要扯人家後腿！」

會議室裡爆出前橋的尖叫聲，現場空氣瞬間凍結。當時正以「帕森斯應該在二〇二〇年推行的新事業」為主題，各個小組都在認真地進行討論。

「什麼扯後腿，沒禮貌，我只是針對妳精采的論點，提出我個人的意見而已啊。」

是沼田。他一副前橋悲痛的吶喊不關己事的態度，宛如名偵探似地深深坐在會議室簡陋的椅子上，抱著手臂嘻皮笑臉。前橋活用大學時代取得教職的經驗，卯足全力提出教育相關的事業提案，卻好像被沼田批得體無完膚。而且沼田的意見精確得令人不甘心，似乎因此搞到前橋不知所措，最後尖叫爆哭。

「我啊，只要聽到什麼新事業、創業、教育那些的，就沒辦法不吭聲。真是不好意思啊。」

沼田用一種完全不感到抱歉的厚臉皮表情，敷衍地道歉說。

「為什麼……」

前橋那雙小眼睛流著淚，夢囈般掙扎著擠出話來。

「為什麼你這種人會進來帕森斯……？」

帕森斯是那種會把人才寫成「人財」的公司，也有許多內定者因為「有許多想要一起共事的人」而選擇了帕森斯。然而這樣一家公司，怎麼會有像沼田這樣的人？茫然不解的前橋吐出了這個單純的疑問。

「為什麼喔？因為我不想工作啊。」

我目睹前橋的憤怒、悲傷、氣憤等混合在一起的情緒，逐漸凝聚成了「傻眼」。

「不想工作……？那你為什麼還要跑來這家公司？我是為了得到壓倒性的成長、得到自我實現，才放棄了別家公司，進來帕森斯的耶……？」

「沒錯，我只要有薪水領，要做什麼，老實說都無所謂耶。而且我對什麼壓倒性的成長、自我實現都沒興趣。所以了，我想要在這家超級大公司，受到終身雇用的保障，在總務部之類的超涼單位做著不至於被開除的最起碼工作，每個月吸取其他努力的員工賺來的利潤，每天準時下班，去皇居慢跑。我在面試的時候這樣說，結果就被錄取了。換句話說，公司也是肯定我的人生藍圖吧。」

人事部的前輩在酒局上證實，這件令人難以置信的事是真的，在人事部好像也成了傳說。宇治田社長心血來潮參加了面試最後一關，其他主管聽到沼田的發言都傻掉了，卻只有社長哈哈大笑，說：「太有趣了，錄取！」社長在招募網站的訪談中答道：「最近的學生都是些乖乖牌，沒意思。我們公司是永遠的新創企業，應該多多錄取不按牌理出牌的人。」社長本來就喜歡心血來潮拔擢下屬、出一些怪招，我覺得他確實很有可能做出這樣的事。總之，沼田是因為這種荒謬的理由進入帕森斯的。

「沼田綾太郎，總務部！」

在氣氛莫名肅穆的部門分發發表會上，人事部長的聲音在會議室響起時，同期間傳出了細微的喧嚷。總務部。這是管理辦公室和公司內部規章、辦理股東大會等事務的部門。雖然我理解它的重要性，但老實說，這是我最不想去的部門。比我大一期、被分到總務部的前輩曾在聚餐時有些自嘲地牢騷說「我被指派的第一份工作，是更換公司裡枯掉的盆栽」，引來笑聲，他接著說總務部是「人才的墓場」，再次博得大笑。確實，看看總務部，好像都是些在其他部門表現不佳、溝通有困難的人，也就是在公司裡混不好，但又沒嚴重到必須開除的人，就被集中在這裡。印象中有幾次為了辦理公司內部手續去到總務部，那裡全是些大白天就無聊地逛起「Yahoo!新聞」的中年員工。被沒能力也沒幹勁的員工包圍，整天不停地更換枯萎的盆栽，無聊的每一天。既然「人生不是只有工作」，那麼只處理最起碼的無聊工作，每天準時下班，就像沼田說的那樣，每天去皇居慢跑一下，這樣的生活，對同期來說應該也是不錯的選擇吧。原本我這麼以為，但似乎也不盡然如此。不知道為什麼，大家對於自己被分配到哪個部門、督導是誰這種外界評價極度敏感。所以聽到沼田被分到總務部時，每個人應該都慶幸「幸好不是我」。總務部這個下下籤，在被自己抽中之前，先被沼田抽走了。那些喧嚷其實是嘆息，鬆了一口氣的嘆息。徹底放鬆的污濁二氧化碳，同時從沼田以外所有的同期新人肺部一齊深深吐了出來。

還有一件不重要的小事，但這時我才知道沼田的名字叫綾太郎，可愛莫名。

然後，沼田在嚮往的總務部似乎過得悠然自得、如魚得水。他輕鬆搞定算是新人洗禮的更換盆栽工作，最近還負責「好歹也稱得上新專案」的公司內部垃圾分類全新規則的制定，也默默處理著總務部本行各種不起眼的瑣碎雜務，據說總務部大嬸們對他評價都很好：「今年難得來了個乖孩子。」周圍的同期們都模仿前輩，一個個切換成有些時髦過頭的西裝外套配休閒褲穿搭，但只有沼田一個人說「還要買新的，不是很麻煩嗎？」繼續穿他那套黑色求職西裝，這也讓他看起來像個「正經的社會人士」。

不過，沼田當然不可能就像周圍吹捧的那樣，乖乖地當個模範新員工。不曉得是因為工作效率好，或是第一年的總務部員工分配到的工作量本來就不多，沼田好像下午兩三點就已經閒閒無事，接下來就成了他優雅的閱讀時光。

「總務部有很多書。整面牆壁的固定式大型檔案櫃裡有各種過期雜誌。我們部門唯一有幹勁的部長說『希望有助於員工的自我進修』，訂購了神祕的總務業界雜誌過刊合輯，還要來其他部門本來要丟掉的雜誌保存。可惜的是，總務部的人都忙著上網，所以好像只有我會看。裡面也有一些莫名其妙的書，很有趣的。」

部門分配結束後過了一陣子，久違的研習活動中，新進員工齊聚一堂的大會議角落，沼田如此炫耀著沒人羨慕的事，讓身邊的人傻眼，而我遠遠地看著這一幕。他每天一手端著咖啡，盡情享受閱讀，然後如同他進公司第一天宣布的那樣，每天準時下班，去皇居慢跑，健康地流下滿身汗，好像偶爾也會去參加同期的聚餐。乍看之下，他也屬於「人生不是只有工作」那一派，但不在乎外界評價這一點，令我覺得有些異於其他人。

「欸，我可以吃一點妳的布丁嗎？」

由衣夏不等我回答，金色的湯匙已經伸向了我的盤子。不知不覺間，店門口的大玻璃門外似乎開始下起了小雨。

在對工作的態度上，由衣夏和我或許屬於不同的群體，但我們感情不錯，還會像這樣在週末碰面。和由衣夏在一起很快樂，感覺平時無意識繃緊的神經會一下子放鬆下來。和栗林他們喝酒，熱烈聊工作也很愉快，但我深愛和由衣夏聊公司八卦的時光。

但有時我也會感到不安。由衣夏大而化之，反過來說，就是粗枝大葉，不貼心，像今天這家義大利餐廳也是，明明她就住在附近的白金高輪，卻是我找到、我訂位的。只是在家耍廢的時候稍微滑一下美食網站就能搞定的事，但跟她在一起，有時我會忽然感受到我們的友情中彷彿簽了不平等條約。居然計較這些，連自己都覺得討厭。明明就算由衣夏不肯主動找餐廳訂位，我也不可能因為這樣就跟她絕交。儘管內心嘀咕個沒完，今天我卻依然若無其事，像個傻瓜似地傻笑著跟她度過開心的時光。回程的電車裡，我一定又會陷入自我厭惡，覺得這樣的自己實在難堪又狡猾。

由衣夏又是怎麼想的？她一點都不覺得不好意思嗎？舔著餐後甜點冰沙的她，看起來內心並沒有這樣的苦惱。

「啊，對了，同期群組說的皇居慢跑，妳要不要一起去？美容YouTuber也都說想要減肥，還是得做有氧運動才行，而且也好久沒見到英梨了。」

英梨。把冰沙舔得一乾二淨的由衣夏提到了好久沒聽到的名字。

◇

「Oh my gosh！超久不見的啦！」

七月上旬，梅雨晴時的星期三夜晚。眾多車道交會的氣象廳前十字路口旁，穿著慢跑服的我在照亮人行道的路燈光圈裡，接受熱烈的外國式擁抱。擁抱我的人就是英梨。附帶一提，我久違地確認了一下她的ＬＩＮＥ帳號，以前用平假名顯示的帳號名稱變成了英文「Elly」。

英梨是我在帕森斯的「內定者同期」。她從上智大學畢業，是從國外回來的，擁有母語程度的英語能力。學生時期，她在全世界最大的海外實習支援團體擔任理事。興趣是出國旅行，尤其是背包客貧窮旅行，也熱愛前往各地泡溫泉、蒐集寺院神社的御朱印。

至於我怎麼會對她這麼瞭解，是因為我在帕森斯第一次面試的團體面試中跟她同一組，在最後一關面試的等候室又遇到她。「我們一起拿到內定，一起進帕森斯吧！」她毫不客氣地抓住緊張得渾身僵硬、口中喃喃復習面試內容的我，開心地打氣。後來我們都順利拿到內定，成了「內定者同期」，然而結果卻沒能變成「入社同期」。英梨沒有進入帕森斯。不出所料，她好像還拿到了許多家其他公司的內定，決定進入其中位於日本橋的外資投資銀行「高登．理查森證券」。

雖然很可惜沒能跟大家成為同事，但我還是一樣喜歡大家和帕森斯，希望以後也可以繼續當朋友！笑

在「內定者同期ＬＩＮＥ群組」直接變成「同期ＬＩＮＥ群組」後，不知為何她仍繼續留在裡面。其他辭退內定的人都自行退出了群組，要重新建一個沒有她的群組感覺也有點麻煩，所以我們繼續使用她也在其中的群組。雖然不清楚她有多常看群組，但她應該連我們每天聚餐的狀況都瞭若指掌。

這天的這場皇居慢跑活動，照例又是栗林提議的。群組幾乎天天都在討論聚餐事宜，應該很多人都把通知關掉，所以響應他號召的人頂多只有十人左右，而我跟由衣

夏都決定參加。當然，最稀奇的來賓肯定就是英梨。「咦，我上班的地方很近，如果可以，我也想去！笑」收到這樣的回覆，也不可能拒絕。

我們在離帕森斯不遠的神田橋附近的健身房租了六百圓的置物櫃換衣服，晚上七點，在護城河旁邊窄小的廣場集合。為了竹橋站的工程，廣場被暫時架設的圍欄團團圍繞。

「Missed you！大家都好嗎？」

由衣夏穿著可愛的粉紅色愛迪達運動服，用平常不會發出的裝可愛聲音溜英文，熱烈地回抱英梨。滿臉燦笑。由衣夏因為本來想要成為體育主播，為了能勝任世界盃之類的海外採訪，好像曾懇求父母讓她去猶他州留學兩個月學英語。也因為這樣的背景，或者說，雖然只有短短兩個月的經驗，但由衣夏有點輕微的崇洋媚外，似乎因此對英梨萌生了奇妙的同志情結。

英梨穿著深綠色的T恤，那種綠有種獨特的暗沉，就像站前小商家販賣的歐巴桑服飾。配上由衣夏那身淡粉紅色的運動服，就像不合時節的櫻花麻糬，有點滑稽。我穿著以前網球社團穿的白色快乾布料T恤，所以我和英梨擁抱的時候，應該就像柏餅麻糬。

仔細一看，英梨的綠色T恤背面寫滿了文字。

「哦，這個嗎？是慈善慢跑的T恤啦。金融業每年都會合辦慈善馬拉松不是嗎？這是我內定那時候去主辦單位當志工拿到的紀念品。超cute的對吧！」

看起來像文字的，原來是企業Logo。除了因為是人氣女星結婚對象的「一般男性」任職而出名的外資銀行外，還有外商顧問公司、外資保險公司等公司名稱。雖然有許多我不認識的企業，但陣容肯定相當驚人，要是熟悉這些的港區女子[4]看到，可能會開心到發瘋。

我原本擔心能否順利跑完一圈五公里，但實際跑起來一看，其實也沒那麼艱難，雖然是一公里八分鐘如此緩慢的跑速，但我意外輕鬆地跑完了全程。一起跑的由衣夏似乎相當吃力，但英梨幾乎連氣都沒喘。

「我們公司很多人在玩鐵人三項，於是我最近也開始訓練了。」

Training Triathlon。英梨用彷彿大學入學考聽力測驗的漂亮捲舌音說。聽說她四月搬進去的元麻布寬敞套房住處，窗外可以看到東京鐵塔。我忍不住俗氣地揣測房租要多少錢。「我們公司」。在我身邊，包括我自己，全是些「學生時代最努力的就是聚餐喝酒」的朋友，沒什麼人出國留學、準備多益，求職的時候應徵外商銀行或外資顧問公司，所以英梨說的「我們公司」到底是做什麼的、英梨又在那裡負責什麼、領多少薪水，我完全沒有頭緒。

「欸，所以妳薪水多少？」

在丸之內的現代墨西哥餐廳熱鬧店內，沼田向英梨拋出了我最想知道的俗氣問題。是因為身為熱愛皇居慢跑的人，不能錯過今天的活動嗎？明明沒有人約，沼田卻自行參加了。

結束皇居慢跑後，一行人回到置物區，沖完澡換好衣服，前往帕森斯同期常去聚

---

4 港區女子指的是經常在東京都港區高級地段出沒，過著奢華生活，尋求與高收入男性結識機會的年輕女性。

餐的丸之內現代墨西哥餐廳，等所有人的Heartland啤酒都到齊了，便在栗林帶領下乾杯。我在置物區已經灌了一堆寶礦力水得，身體卻彷彿說著還不夠，不停吸收著啤酒。隨便點的玉米片和檸汁醃生魚等陸續上桌時，我們自然地和坐附近的人分成幾個圈子聊起天來。我坐在最邊邊，對面是由衣夏，旁邊是英梨。沼田就坐在英梨對面，以那張嘻皮笑臉的表情，從醜陋扭曲的嘴唇間吐出那個問題。

「我是後勤部門的，而且才第一年，應該跟大家差不多。對了，沼田你都做些什麼？」

英梨優雅地閃躲，強硬地切換話題，可能是不想再被追問下去。

「我嗎？我跟妳一樣是後勤部門，不過我奉社長之命，正在執行一個新專案。」

「咦！太厲害了！你說的新專案，具體來說是做什麼？」

「電梯。」

「電梯？」

「嗯，辦公室的電梯每到上班尖鋒時間就擠得要死，所以社長親自命令總務部想辦法解決。」

電梯。英梨有些怔愣地聽著沼田自信十足、興高采烈地說出來的內容。

上班時段的電梯壅塞問題，從以前就讓員工極度不滿。電梯廳總是人滿為患，嚴重的時候，甚至要等上五分鐘才能擠進電梯。宇治田社長似乎終於在董事會議上發飆，大罵「總務部還在發什麼呆」，對總務部下達了改善命令。總務部長應該也存有私心，想要利用「趁員工年輕時就給予足夠的裁量權」、「不光是不起眼的工作，也該讓年輕員工經驗一下和外部單位合作的新專案」之類的宣傳說詞，稍微改善一下這個不受歡迎的部門的現狀，總之沼田好像就這樣被指名為專案負責人了。

因此沼田最近經常跟電梯業者在中午人滿為患的電梯廳晃來晃去，故意滿口夾雜專業術語，誇張地大聲討論，可能是想向周圍的人宣揚他一手主持的偉業。他的閱讀時間似乎也變得更加投入，我有事經過總務部旁邊的時候，看了一下沼田的辦公桌，只見他津津有味地讀著書名看起來很深奧的系統開發書籍，也不曉得和電梯有什麼關係。從沼田最近意氣風發的表情來看，他似乎對自己的工作無比滿意。這不是很棒嗎？我這麼想，但同期的其他人卻非如此。很多人嘲笑沼田，揶揄地說：「他最近好像很拚嘛。」

「電梯的魔術師」。最近同期之間如此戲稱沼田。

原來如此，看到大家對總務部和沼田那奇妙的態度，我終於理解了。他們確實聽到了現代社會發出的「人生不是只有工作」這個正確的呼籲，然而人的觀念不是輕易說變就變的。除了在工作獲得肯定以外，他們至今仍未找到人生的樂趣。他們終究是競爭下的產物。什麼都不想努力，可是又想比別人強一點。所以才會像過去炫耀學歷那樣，轉為藉由被分配到哪個部門、督導是誰這些外部評價，也就是地位，來表現自我吧。他們跟同期喝酒時，一面彼此吹捧「那個部門完全就是升遷跳板啊」，一面又說「可是人生又不是只有工作」，巧妙地逃避面對自己不努力工作、不創造價值的怠惰。畢業於名校的這些聰明人精湛地發展出一套方法，像這樣巧妙地肯定自我，相互交流那充足的自戀。

「魔術師」這個稱號裡，應該隱含了他們極為複雜的感情吧。他們瞧不起沼田竟對「區區」總務部的工作認真起來，卻又有些嫉妒他在公司裡成了焦點人物，就是如此複雜的感情。儘管沼田號稱「直屬社長的專案負責人」，幹勁十足地卯起來做，但說到底，就只是無法為公司帶來半毛利益的總務部的庶務。就算沼田在這種工作上認真，也不可能變得比自己更有價值。當然，「電梯的魔術師」擠進新人獎比賽這種事絕對不能夠發生。這是他們為了保護在公司裡原地踏步的自己的尊嚴的、迫切的內心吶喊吧。

然而，那個曾大肆宣言只做「不會被開除的最基本工作」的沼田，雖說是奉上司之命，但不僅這次的電梯專案，在其他工作的表現也都讓總務部的老鳥們讚不絕口，這個事實讓親眼目睹他宣言的我感到意外。進公司已經三個月了，這段期間，沼田的心境出現了什麼變化嗎？或者這兩種矛盾的態度，隱藏著他祕密的意圖？

「我個人還是覺得三菱電梯的電梯最棒。它就宛如高級香檳氣泡浮起般，呈現令人雀躍的加速，以及詹姆士·龐德護送女王般優雅的減速……到了我這個等級，一搭就知道了。就算閉著眼睛搭，也感覺得出來。」

沼田完全沒發現同期們冰冷的目光，兀自滔滔不絕地大談沒人感興趣的電梯經，英梨臉上掛著僵硬的笑，原本酥脆的七百圓玉米片，就這樣慢慢變軟了。

◇

「下一站濱松町。」「下一站田町。」「下一站品川。」

前往五反田站的山手線，今天也毫不厭倦，活力十足地不斷繞行。早晨通勤尖鋒已經過去，車廂內空空蕩蕩，九月依舊濃烈的陽光在沒有乘客的地板上彈跳著。

最近我心情很好。經過一番摸索，終於找到了屬於自己的一套業務模式，業績正穩定成長。也許這就只是「熟悉」而已。雖然電視劇偶爾會有「從上司那裡學到獨門業務祕笈，業績一飛沖天」的情節，然而在真實的商場，那種情況難得一見。像現在的我這樣，不知不覺間開始簽到合約，漸漸有了自信，於是能夠自信十足地推銷服務，然後又不知不覺簽到合約，如此樸實無華的發展才是現實吧。總之，我從八月終於達到業績目標開始，九月上旬就拿到了在五反田開了大型分店的連鎖串燒居酒屋的新客戶大訂單（不過也就三十萬圓而已），也接到平日就稱讚我服務周到的舊客戶續約及追加訂單，才月中而已，就已經差不多達到業績目標了。

「雖然還有需要改進的地方，但也算是成長了吧。保持下去，繼續努力。」

某天的檢討會上，濱口課長一如往例指出了許多瑣碎的待改進之處，但同時也用和平常一樣公事公辦的口氣確實稱讚了我。我盡可能平淡地應了聲「謝謝」，回到辦公桌，深深地坐到辦公椅上。椅子附有公司代表色的可愛黃綠色靠墊。雖然我努力不要表現出來，但靜謐的喜悅仍無法遏止地滾滾湧上心頭。

這天我也在晚上七點多就下班了，所以我前往神田橋的健身房換衣服。不知不覺間，我疏遠了同期的聚餐喝酒。因為自從對他們的自我意識有了惡意的覺察以後，我總有種不自在的感覺，覺得待在那裡，是在加深與他們之間的共犯關係。所以我開始一個人去皇居慢跑。

夜晚的東京，景色目不暇給地變化著。車輛呼嘯交會的單向四線道馬路一過國立近代美術館便一下子收窄，接下來的道路被深邃的綠意圍繞，宛如高原上的散步道。過了TOKYO FM大樓，便是平緩的下坡。我漫不經心地看著最高法院、憲政紀念館這些宛如沉睡在漆黑森林深處的鯨魚般建築物，沿著護城河奔跑，視野忽然開闊，丸之內的摩天大樓群披著閃閃金光現身了。

跑步的時候，我是孤獨的。剛開始跑的時候，也會想到工作的事，但跑了一段路之後，自然就會轉為內省。我覺得好久沒有像這樣，為自己保留一段獨自一人、漫無目的地思考的時間了。

最後我稍微走了一下，當做跑步後的收操，回到起點竹橋廣場。摩天高樓群的縫隙深處可以瞥見帕森斯的總公司大樓，打工營業部所在的八樓還亮著燈。濱口課長一定還在辦公室加班吧。她嚴格要求下屬敬業，對自己更是嚴苛。我甚至聽說她為了避開加班時間限制，週末不用說，連年關和新年都自願來加班。

為何我會如此受到濱口課長吸引？對於這個疑問，我已經有了自己的答案。在某個意義上，濱口課長並不把我當成一個人。她對自己應該也是如此吧。濱口課長把公司裡的員工視為創造營收的龐大機構的零件，所以認為柔聲討好下屬、偶爾邀下屬吃飯這些黏膩的交流是不必要的。上司只需要監督指導下屬盡量創造更多營收，屬下也只需要遵循上司的指示，盡可能達到更多的收益就行了。如果難以適應這種公事公辦的關係，大可以調部門或換工作。所以她才能滿不在乎地對我們下屬提出嚴厲的指摘，如果我們無法發揮她期望的價值，她就會毫不留情地打出糟糕的考績。相對地，只要像上個月的我那樣交出好成績，她也會不吝稱讚。雖然笨拙，但這是她愛護下屬的方法，而且似乎完全適合我。這一定沒什麼道理可言，純粹是天生的心性使然吧。既單純又純粹，而且極為公平。我打從心底滿足於這樣的關係。

這麼說來，我覺得我從以前就是這樣。ＫＹ[5]（讀空氣）這個詞雖然老早就過時了，但是我成長的那個年代，關鍵詞毫無疑問就是「空氣」。讀空氣——察顏觀色，反射性地從一本不知何時人人共享的使用手冊當中，引用切合當下場合的言行舉止。諷刺的是，不擅長這件事的人，會漸漸變得像空氣一樣透明。這也是一場等價交換「正確」行為的遊戲。把想要的東西，以想要的分量傳送給對方。若是過多或是太少，就會招來「不會讀空氣」——白目的批判。這並非心靈交流，而是用明辨時間地點場合的得體笑容，單調反覆地交換彼此所期望的行為。在現代被視為不良陋習的這種行為，卻不知為何讓學生時期的我感到舒適。那種一親近起來，就在密室中突然展現的他人赤裸的感情和欲望，反倒更讓我害怕、排斥。

濱口課長就不是如此。我和她之間，就只有彼此提供利益的乾燥無味的關係。她的舉止排除了所有的人情、超越利害的愛與被愛這些美好的期待，讓我感到愜意。

對我而言，那裡是我出生以來第一次覓得的安身立命之處。我覺得在那裡，我能夠

5　「ＫＹ」來自於日文「空気が読めない（不會讀空氣）」的縮寫，即「不會察言觀色、不會看場合」之意。

做我自己，可以理直氣壯地向別人索求應得的報酬，盡情地呼吸。在這處大手町的冰冷玻璃帷幕大樓裡，我終於從漫長的缺氧痛苦當中獲得了解放。

然而與此同時，我也發現我和她的那種關係，並非一般世人所能接受的。我們部門有個比我大一歲的前輩中山。今年春天，他開始受到濱口課長嚴厲的指正，似乎與她徹底合不來，總是面色蒼白地來上班。

「中川因為一些因素，要請假一星期左右。他的業務我會另外指派大家支援，請各位配合。」

中川突然沒來上班的那天，濱口課長在朝會公事公辦地如此宣布。現在的業績目標設定，比前任課長那時候高出許多，中川因為無法達成，每天都遭到課長「指導」，每個人都看得出來，是這些侵蝕了他的心理。中川曾經宣言「我想在帕森斯改變一味逃避的軟弱的自己」，因而志願進入打工營業部。然而他終究未能改變軟弱的自己，大概會就那樣一蹶不振下去。我想起他那張一看就很懦弱的白皙臉孔。我喜歡濱口課長理所當然地要求「價值」的作法，但遺憾的是，我也開始依稀察覺，那樣的作法不適合現代。

與此同時，由於有了與濱口課長的關係作為基準點，我在其他關係的哪些地方出了問題、少了什麼，也都被殘酷地映照出來。不知不覺間，我開始思考我和由衣夏，以及和母親的關係。

◇

欸，要不要一起去英梨那個皇居慢跑？笑

夏季的餘韻已經完全被抹去，窗外是十月沉重的陰天。這個「笑」是什麼意思？週末，我躺在自家二樓自己房間的床上尋思著。這種帶著某種討好的口吻，由衣夏會對不怎麼要好的同期說，但至少從來不會對我用這種口氣。這麼說來，最近跟由衣夏都完全沒聯絡了。和由衣夏的對話，總是由我主動提起，所以只要我疏於聯絡，我們之間自然就沒有交流了。這幾個月的時間，我對由衣夏已經成了「不怎麼要好的同期」之一了嗎？還是對由衣夏來說，我本來就不是什麼「特別要好的同期」？

起因是英梨在帕森斯同期LINE群組的貼文。

好久不見！大家還有在皇居慢跑嗎？笑

上次真的很開心，所以我們高登的同期組了一個皇居慢跑社團，希望帕森斯的大家也來參加。

我第一個念頭是：「她還在群組裡面？」接著驚訝於自己居然對英梨有這種近似敵意的情緒，所以沒有立刻回覆。對於由衣夏的訊息，我刪刪寫寫了將近一分鐘，最後沒有用顏文字，當然也沒有用「笑」，故作平常地回覆：

妳去我就去！

順利送出這看似親暱的短短五個字後，我整個人累壞了，扔開手機，為了停止思考，直接就這樣睡著了。

英梨的皇居慢跑在兩星期後舉行。和上次一樣，星期三晚上七點開始，起跑地點同樣在被竹橋的臨時圍欄圍起來的廣場。可能是因為兩家公司員工一起皇居慢跑，相當莫名其妙，帕森斯這邊的參加人數比上次更少，只有由衣夏、我、栗林，還有不知道為什麼出現的沼田這四人。高登那邊說是「很多人工作忙不過來」，加上英梨，也只來了三個人，所以成了一場規模相當小的活動。

有趣的是，英梨帶來的同期是一對男女，兩人的外表相似得簡直就像雙胞胎。雖然有男女體格上的差異，但兩人個子都很高，皮膚光滑，由內而外散發出光采，濃濃的眉毛底下，雙眼皮形成的陰影中清晰地刻畫著絕對的自信。他們慢跑服底下的模特兒體型，每個部位都毫不吝嗇地散發出堅不可摧的自信，相信自己上得了任何檯面，驚豔全場。

即使參加者的屬性變了，皇居慢跑的路線還是照舊，這天我像平常那樣，以稍微低於每公里八分鐘的輕鬆跑速跑完全程。栗林好像在一開始衝得太快，在櫻田門那裡手叉著腰，吃力地走著，被我超車過去。而外資銀行的「雙胞胎」，兩人的背影都在起跑後便不斷遠離，在千鳥淵一帶就完全不見人影了。我跑到終點時，兩人正一邊收操，一邊說笑，那景象儼然公司說明會上發放的小冊子上常見的，附上「下班後也和同期一起度過充實時光」文字的照片。他們習慣笑的時候露出牙齒，可能是人行道冰冷的燈光使然，他們像玉米般等間隔密集排列的牙齒閃耀得近乎突兀。

「說真的，你們一個月薪水多少啊？」

和上次一樣，沼田沒神經的提問害我又差點笑出來。我們來到神田站西口一間公司年輕職員常去的肉品餐酒館。沼田自作主張點了堆滿生茼蒿的沙拉，像隻羊似地大口嚼著。在我看來，這個人似乎遠離了人生各種糾葛，徹底自由，在進入帕森斯之前與之後都毫無變化，令人驚訝。

「……我才第一年，應該跟大家差不多。對了，沼田你是做什麼工作？」

雙胞胎的哥哥就像之前的英梨一樣，應對自如。難道外資銀行業界都有完美的應答手冊，教導員工躲避這類煩人的問題？

「我嗎？我最近都在做跟設備相關的新專案，但已經快結束了。」

設備相關的新專案。感覺他愈來愈會吹了，但比起這個，我更在意他說的「已經快結束了」。

「真的嗎！新專案啊，我想聽細節。」

於是沼田一副迫不及待的樣子，興高采烈地開始大談他的電梯經。不過之前英梨聽得傻眼的這件事，雙胞胎哥哥卻聽得兩眼發亮。

「好厲害！不，我是真的很感動。你那手法很像敏捷開發，或者說完全實踐了現代的專案管理。你平常應該就看了很多那方面的書吧？」

「咦，居然有人看得出來。沒錯，說到專案管理，最近的話，系統開發領域還是最先進的，所以在處理電梯問題的時候，我也會讀那些以工程師為對象的書。可是旁人看了，卻說我是在讀無關的書，遊手好閒！無知真是罪惡啊，真是的。」

兩人齊聲爆笑。我第一次看到有人跟沼田這麼合拍。同期的人，每個人都告訴自己，電梯專案說穿了根本無法直接為公司帶來半毛錢的利益，說社長命令是好聽，但其實也不過是社長隨便想到而發起的隨便專案罷了。因此今天看到這幕景象，我意外極了。

「欸，我一直想問，日系公司真的都沒有慈善活動嗎？」

雙胞胎哥哥依舊跟沼田聊得起勁，這次換雙胞胎妹妹問了坐旁邊的我。她就像精通葡萄酒的藝人在電視上做的那樣，在鋪著藍白格紋可愛桌巾的桌面上，轉動著紅酒杯。那大叔般的動作，由留著豐盈烏黑長髮、化著淡妝，但五官分明的她做起來，老練得教人刺眼。

「慈善活動？」

「比方說，我會在孤兒院幫忙做升學輔導，或是去多摩植樹，還有最近也去了小笠原做淨灘，保護海龜的產卵環境。」

「……這些事情公司會付薪水嗎？」

「怎麼可能！這是慈善活動，所以是做義工，我們還反過來捐錢呢，雖然金額不多。」

根據似乎名叫「春子」，名字很古典的妹妹說，她們公司準備了無數的慈善計畫，員工會從當中挑選感興趣的活動，在週末自主參加。為了牽制斤斤計較的我，春子周到地先說了聲「當然」，為我說明參加慈善活動，與在公司的評價無關。

「我本來就希望自己能對社會帶來正面的影響，所以能成為積極參與慈善活動的團體一員，我感到非常驕傲。」

春子流暢地說出感覺會登在公司官網社會責任欄位上的言詞。她真摯的眼神，讓我理解到她這麼做並非趕潮流或為了利益，而是真心熱愛慈善活動。她在人生的某個階段找到了「對社會帶來正面影響」這個人生目的，以此為主軸挑選公司，並實際參與慈善活動。她一定都把英梨穿的那件慈善慢跑T恤當成居家服，不經意地瞥見盥洗室鏡中的T恤與自己的臉時，露出滿足的笑容吧。

「咦？妳這話是真心的嗎？」

然而栗林卻毫不客氣地破壞了我對美好景象的想像。

「咦？什麼意思？當然是真的啊，而且我下星期也要去小笠原淨灘。」

「可是，外資銀行不是超競爭的嗎？有空去搞這種業務以外的高檔興趣嗎？」

雖然話說得刺耳，但栗林絕對不是在找碴。栗林應該只是純粹感到困惑。嚮往失落的小混混文化的他，認知當中或許是把外資銀行視為競爭社會、是個就像過去的帕森斯那樣美好的地方。因此既把外資銀行視為競爭對手，又抱持著親近感，沒想到卻錯得離譜吧。

「是啦，我們的工作應該比其他行業繁重，公司裡也很競爭，但我們工作，並不只是為了在競爭裡獲勝吧？為了豐富人生，更要在工作中重視競爭以外的價值。所以我努力工作，也努力做慈善。當然，除了慈善活動以外，我還想要挖掘更多好玩的事，像最近我也開始玩衝浪了。我還想去考潛水執照。」

春子是平時就明確地認識到自己的人生哲學，每天反覆溫習，生怕不小心熱衷於某些事物，而偏離了正途嗎？她這番精采的演說，中間沒有半點遲疑。栗林似乎還不知道該如何解讀這番話，但被她異樣的說服力所震懾，姑且點了幾下頭表示瞭解，就這樣沉默下去了。

雙胞胎哥哥和沼田還沉迷在聊自己的，完全沒留意到這邊奇妙的爭論。話題繞來繞去，好像聊到最近的新創公司的募資環境。哥哥好像打算在未來幾年內就自行創業，現在在幫忙大學時代的朋友開的新創公司，當做週末的副業。

「……喏，像修平以前是東大高爾夫球社的，所以現在也幾乎每星期都會去打球，每年過年，他們都會全家一起去二世谷住上一星期滑雪呢！明明工作忙得要命，簡直就是超人對吧？」

可能是想要緩和栗林造成的尷尬氣氛，坐在對面的英梨帶著有些勉強的開朗稱讚修平。修平就是雙胞胎哥哥，英梨夾帶著大量陌生詞彙說明，就我自己的解讀聽來，他好像是投資部門的人。

「我現在是Ops，不過有FICC業務的人邀我，所以我在猶豫要不要過去呢。」

英梨說著宛如拉麵二郎點餐口訣般的咒文，露出微笑。對她來說，修平是她崇拜的對象，同時也就像個典範，提前向她展示了將來她自己調到所謂的FICC業務部門後，應該會得到的價值吧。

可能是被春子傳染，英梨和修平也都轉動著盛裝濃郁紅酒的杯子。是為了搭配餐廳招牌菜的橫膈牛排而點的酒。

我理解了。他們從根本上與我們不同。他們若不是明確地理解應該存在於工作之外的自身的人生目標，就是正在熱心地尋找那個目標。他們應該是自小就努力不懈地思考，已經找到了做什麼才能滿足自己，即使還沒有找到，也不管三七二十一，放手嘗試別人說好的事物。他們具備推動人生前進的堅韌意志，以及為了實現這個意志的源源不絕活力。

我去洗手間的時候用手機查了一下，根據資料，我們之間的年收早已相差懸殊，差距還會逐年擴大，職位愈往上爬，更是沒有上限。但相對地，他們執行著無法想像的工作量。不僅如此，還游刃有餘地在週末參加慈善活動、衝浪、滑雪等等。春子說：「反倒是什麼都不做，感覺會發瘋。」雖然不知道是引擎還是作業系統，總之我們做為人的結構根本就不同。

「人生又不是只有工作。」

我們帕森斯二〇一九年入社組，只會喝著廉價的酒、頂多抱怨一下公司風氣和經理，除此之外沒有其他人生選項，也不肯努力去尋找。我們奉為圭臬的這句話，感覺在他們面前輕薄到不行。

我是想要久違地跟由衣夏好好聊一聊。所以才會參加今天這場皇居慢跑，然而由衣夏卻跟英梨和春子聊得忘我。她異常熱絡地聆聽兩人工作上的事，頻頻點頭應和。她們旁邊的修平和沼田激烈的新創議論好像還在持續。沒有加入任何一邊的我和栗林以飄忽的目光游走在兩邊的對話之間，偶爾擠出一些客套的笑，努力試著抹去扞格不入的感覺。

「不過沼田，你的知識也太淵博了吧！難不成你對創業也有興趣？」

修平開心地說著，往沼田空掉的酒杯斟紅酒。可能是受到稱讚而開心，相信了自己也有待在「那一邊」的價值，沼田也開始轉動起紅酒杯來了。

「不是，不管是賺大錢，還是變成成功人士，在西麻布一帶呼風喚雨，我都不感興趣，所以我也沒打算自己創業。大學的時候，我因為好玩加入過熱血理想的高意識系創業競賽社團，學到的東西還沒有忘，懂一點皮毛而已。」

「啊！我們大學也有耶，創業競賽社團。不好意思，我不是很喜歡那種的。哦，我不是在批評你喔。只是那些社團很多那種滿口說著要創業，高高在上地對努力的人打分數，搞到最後卻也沒有創業，渾渾噩噩地成了上班族，我不是很喜歡那種人。沼田，你們社團有人實際創業了嗎？」

「……是有一個。現在好像在搞些可疑的、幾乎就像詐騙的事業。他從以前就沒什麼商業品味，或許這也是沒辦法的事吧。」

只有這瞬間，沼田那總是居高臨下的從容微笑似乎罩上了一絲陰霾。雖然我完全不明白，那是怎樣的經緯帶來的怎樣的感情。

也因為喝了不少喝不慣的紅酒，回程的新宿線電車上，腦袋一直輕飄飄的。不過這段愉悅的放鬆時光，也隨著電車接近八幡，又逐漸恢復了往常的嚴肅。看看手錶，晚上十點五十四分。這個時間很微妙。這裡的微妙，指的是母親很有可能還沒睡。

兩年前的秋天，父親外派去紐約，夫妻倆商量後，決定母親留在日本。我猜應該是因為她強烈要求想要支援女兒，因為女兒正要求職，接下來又要踏入陌生的上班族生活，應該會有許多不安。事實上，母親每天都為我準備健康的飯菜。我出門上班的時候，她會打掃客廳和浴室。玄關裝飾櫃上的花瓶裡，總是插著當季的美麗鮮花。這個所有的一切都完美整潔的家，讓我不敢醉醺醺地踏進去。

所以我準備了幾個逃避的方法。一個就是不回家。大學的時候，去高田馬場的廉價居酒屋聚餐喝酒後，我會投奔外縣市同學一個人在下落合的租屋處，再一路喝到早上。隔天早上就在電車裡猛灌大罐寶礦力水得醒酒，再裝作若無其事地回家。大學的時候可以這樣，但出社會以後就不行了。另一個逃避的方法，就是等母親睡著以後才回家。母親收拾完晚飯以後，會立刻去洗澡，然後看電視或看書，在十一點左右就寢。若是在母親準備上床的十點半左右回家，她就會一直醒著不睡，直到我洗完澡，跟她說「晚安」，上去二樓。這讓我很過意不去，所以要是可能會在母親還沒睡的時間回家，我就會去營業到十一點半的站前Gusto喝個咖啡，打發時間，然後在母親絕對已經入睡的時間，安靜地插入鑰匙開門。每次開門的時候，如果玄關照明漆黑得就像死了一樣，門縫間只飄出冰冷的空氣，我就會感到一種夾雜著心虛的奇妙安心。

電車在晚間十一點多抵達本八幡的車站。照這樣慢慢走回家，會在十一點半左右抵達家門口。我覺得應該沒問題了，在站前超商買了熱咖啡醒酒，邊喝邊走回家。這樣的生活到底還得過上多久？最近我經常思考一個人搬出去的選項，在閒暇的時候瀏覽方便通勤到大手町、有許多同期租屋的門前仲町一帶的租屋資訊。以帕森斯的薪水，只要不計較坪數，可以租到屋齡很新、靠近車站的房子。雖然有些擔心自己能否能夠勝任家事，但我對吃的不講究，只要隨便煮個蔬菜湯果腹就行了。洗衣服也是，由衣夏說只要咬牙買台滾筒式洗脫烘衣機，就可以省掉不少麻煩。浴室週末努力打掃一下就行了，就算不用裝飾漂亮的花朵，照樣能夠過得平淡自在。其他的問題就是押金和禮金這些初期費用，但只要年底發下冬季獎金，應該足夠支應。若是理性思考，我現在住在從家門到職場不用一小時的東京近郊的老家，還有不收我家用的母親包辦一切家事，所以特地花大錢搬出去一個人住，實在很不合理。但我覺得這不是合不合理的問題。總有一天要搬出去。我覺得如果不以強大的意志把這個「總有一天」拉過來，我永遠無法逃離這長年籠罩著我的、不致人於死的溫柔窒息感。

抵達家門時，我發現面對馬路的小窗戶窗簾隙縫透出淡淡的溫暖黃光。母親還沒有睡。這麼說來，今天我本來要傳LINE說「我會晚歸，媽先睡吧」，卻覺得拇指沉重萬分，無法按下傳送鍵。母親是擔心沒聯絡的我，刻意沒睡，等我回家嗎？

現在要怎麼辦？走進家門，裝出歉疚的表情，向母親道歉說「抱歉沒聯絡」？還是就這樣杵在門前，等到燈光熄滅？面對應該充滿了安穩的自家，三更半夜的，我到底是在煩惱些什麼？手中的咖啡熱度被無人的秋季深夜住宅區的空氣奪走，變得不冷不熱，讓人想要立刻丟開。

◇

隔週早上，一封郵件在公司裡引發了騷動。

【敬請配合】十月二十日起，將進行電梯新規則測試

是總務部發出的郵件，信末清楚地寫著「承辦人：沼田」。

上星期宣傳部的同期在公司刊物的網頁版刊登了一篇報導「『電梯魔術師』現身說法！如何解決電梯壅塞？上篇」，讓沼田頓時在公司裡聲名大噪。報導中刊登了緩解電梯壅塞專案的成立過程，以及沼田製作的複雜分析表等等，然而最重要的解決方案，卻只有一句拙劣的賣關子預告：「敬請期待下星期的發表！」這幾個月來，沼田在電梯廳賣弄地表現得像個魔術師，他到底要施展什麼樣的魔法？眾人懷著觀看與自己的生活無

關的日本代表隊運動賽事般輕鬆的心態，開始關注沼田。

隔週，眾所矚目的電梯新規則公告後，又引發了另一種騷動。這次的騷動，是來自於眾人若有似無的期待落空後失望的嘲笑。眾人想像的，是比方說安全閘門上嵌了個小液晶螢幕，刷卡後螢幕會顯示「請搭乘這台電梯」之類的指示，總之是簡單明瞭又酷炫的解決方案。緩解電梯壅塞這種專案實在太過不起眼，所以希望至少有些華麗感。

然而實際上的措施，卻只是在電梯的樓層按鈕貼上幾個印刷了叉印的貼紙而已。並未更換管制系統來限制每台電梯停止的樓層，比方說有的電梯只停十樓以下的偶數樓層，其他電梯只停十一樓以上的奇數樓層，而是採用了在樓層按鈕貼上廉價貼紙這種超級陽春的做法。「這可是公司大樓，也有許多外部訪客，卻居然用貼紙，實在太難看了。」「什麼魔術師嘛，果然只是個被分到總務部的廢材嘛。」眾人如此嘲笑著，就像要讓自己安心。

然而這樣的嘲笑聲立刻就停止了。不知到底是什麼原理，這個成本只要幾百圓的方法，居然輕而易舉地解決了每天早上的電梯大塞車。這個出人意表的策略，似乎也讓社長龍心大悅。據說社長先是乘上電梯，看到那些貼紙，爆笑起來，接著得知那小小的貼紙居然發揮了絕大的功效，再次爆笑，還親自寫了封讚不絕口的郵件給沼田。我回想起英梨邀約的皇居慢跑那天，那個外資銀行的男生同樣對沼田讚不絕口、與他意氣投合的事。會不會只是愚蠢的我們沒有發現，其實沼田是個超級厲害的商業奇才？難不成沼田會憑藉解決電梯問題的功勞，就這樣一舉奪下新人獎？萬一真的演變成這樣，眾人會是什麼表情？

沼田的電梯熱潮背後，公司裡各處開始傳出由衣夏最近經常請假的八卦。由衣夏陽光開朗，所以不是像我們課的中川那樣心理出狀況，而是充分運用有薪假，肆無忌憚地整整請假一星期，或是突然當天下午就請假的樣子。也因為帕森斯是人力資源公司，每個人都知道這意味著什麼——她在準備跳槽了。

努力讓人生往前邁進，並不是什麼可恥的事，反而值得嘉許。不過由衣夏這樣的行動，在同期之間引發了小小的波瀾。

「聽說她最近常跟英梨一起出去，是不是想要討好人家，透過推薦進入高登啊？」

「咦？別傻了吧，聽說由衣夏多益才六百分，不可能進外資銀行啦。」「實在是有點太好高騖遠了吧？」

我偶爾參加的同期聚餐上，幾乎看不到以前幾乎絕不缺席的由衣夏了。眾人趁著由衣夏不在場，興高采烈地對她的挑戰吐出辛辣的批評。

實際上由衣夏到底是不是在進行轉職活動，沒有人知道。但如果真是如此，我心裡有底。和高登那三個人一起去皇居慢跑那天，由衣夏非常投入地和英梨聊天，也認真聆聽那對雙胞胎說話。不過由衣夏的信條應該是「人生不是只有工作」，我實在不懂她怎麼會想要跳槽去以業務繁重聞名的高登。

無論動機是什麼，看到由衣夏像這樣努力同時充實工作及工作之外的生活，讓他們覺得被相對指出自己是一群怠惰的人吧。他們表現得老神在在，其實正為了維護自己的自尊心，開始貶低由衣夏。反正由衣夏一定會轉職失敗。我們清楚自己有幾兩重，站在這樣的自知之明上享受人生——他們似乎如此對自己的心靈打上了新的預防針。

最爛的是，他們齷齪的願望順利成真了。

我將在十一月底從帕森斯畢業，
加入家鄉的地方創生新創公司！

根據由衣夏在同期LINE群組發布的落落長訊息，她似乎是「從以前就一直想回去自己出生長大的富山，從事貢獻家鄉的工作」。然後，她剛好在富山找到一家能實現這個願望的公司，要把當地魚板等特產的魅力，「向東京以及全世界宣傳」。當然，沒有半個人聽說過由衣夏居然有這樣的愛鄉情懷，所以同期之間都流傳著她果然是參加了高登的推薦應徵，但被刷掉了。

看吧，對帕森斯恩將仇報，結果還被高登刷下來，搞到自己待不下去，終於辭職了吧？可是實在太丟臉了，說不出口，所以拿她最會的那套「人生又不是只有工作」當擋箭牌，開始說什麼「找到了工作以外想要投入的事」。接下來大概會開始在網路上賣一些和附近超市廉價品吃不出差別的當地魚板，或只是貼上可愛標籤的微妙名特產，或創辦自媒體，刊登一些全是外形莫名叛逆的生產者的訪談，營造出強烈的「我有在做事」的感覺……雖然我不知道這些八卦有幾分真實性，但總之我們已經在臉書等社群媒體看過太多這類「誤入歧途」的高意識同學，早就膩了。

我們大學研討室也有一個這樣的學生。那個人畢業後進了一家大銀行，半年後就離職回九州老家，說什麼開始當自由接案的文字工作者，寫些宣傳家鄉魅力的部落格。雖然在聽都沒聽過的網路媒體訪談意氣風發地說什麼「這是我一直想從事的工作」、「我每天都過得很充實」，但據我從同期那裡聽到的八卦，他就只是單純無法適應大銀行獨特的企業文化，沒待多久就辭職，卻又在第二波的應屆生招募中沒考進像樣的公司。他逃之夭夭搬回老家，但又不想在故鄉寒酸的公司上班，所以選擇了那種看似光鮮亮麗的工作。光鮮亮麗的工作會用它的外表吸引人，讓人目眩神迷，但其中為之不少最後都賺不到什麼錢。

雖然不想說得太白，但由衣夏也要變成那種「可惜的人」之一了。她到底在想什麼，竟做出那種嚇死人的決定？

◇

接到由衣夏的報告隔天，我一樣在晚上七點多下班了。我確定了一下Longchamp的黑色托特包裡裝著慢跑用品，從打工營業部所在的八樓搭上電梯。

六樓、五樓、四樓、三樓……奇數樓層的按鈕貼著那些「沼田貼紙」。三菱電機製的電梯突然有如護衛女王的詹姆士·龐德，展現出優雅的減速。二樓。從後勤部門所在的這個樓層走進電梯的是沼田。他穿著一如往常的黑色求職西裝，揹著像小學生遠足背的那種黃色背包。「妳好。」他只說了這麼一句，也沒有客套的寒暄，臉上掛著淡薄的笑，只是頂著渴望的表情目光低垂。

「你今天也要去皇居慢跑嗎？」

我走出一下子就到一樓的電梯，經過安全閘門的時候，故意這麼問沼田。因為他的左手緊緊拎著一個鼓得快爆開的愛迪達袋子。我看出沼田的表情成分顯而易見地轉為喜悅。

勉強彼此配合也很傻，我們說好各跑各的。雖然從相同的地點出發，但沼田一下子就甩下我跑掉了。這天我也照著平時的步調跑，繞了一圈回到起點時，沼田當然不在那裡。最近就算稍微提高配速也撐得住，或許可以開始考慮跑第二圈了。要是跑到一半累了，停下來慢慢走回來就行了。皇居慢跑不是馬拉松。也不是在跟誰比賽。一個人照自己的方式，依自己的步調，跑能跑的距離就好。

回到置物區沖過澡，看了一下手機，沼田傳了LINE給我。是美食網站的連結，和一句「我在這裡喝酒」，意圖交給對方解讀。很像沼田的作風。我回覆「我這就過去」，只上了最簡單的妝，前往神田站附近的那家餐廳。

「歡迎光臨！」

那裡並非適合約會的精緻餐廳，而是中杯啤酒只要三九〇圓、小菜是燉得軟爛的魚骨、店員多是來自世界各地的年輕人那種氣氛隨興的店。沼田在最靠近廚房、吵吵鬧鬧的桌位一個人喝著啤酒。

「愛意沒能傳達呢。」

他用他那張招牌嘻皮笑臉說，所以我問：「什麼？」他回：「由衣夏的事啊。」疏於防備而歡欣的心彷彿突然被拋出寒冷的戶外，一下子緊縮起來。沼田似乎看透了我心中浮現的輕微痛楚，愉快地觀察我僵硬的表情。

愛。應該是為了挑釁我，沼田又搬出了這個誇張的詞彙來。不過他說的沒錯。過去我對由衣夏付出的溫柔體貼，她完全沒有接收到，她沒有找我討論轉職的事，也沒有向我報告結果。我沒有其他要好的同期，但由衣夏有許多朋友，男女不拘。但也許她對「朋友」這個概念沒有太多的執著，雖然會在聚餐時和坐隔壁的人愉快地聊上快一個小時，卻也不會跟那些人建立起特別深刻的關係。唯一的例外，都只有對方主動邀約的情況，像是栗林還有我。

「電梯引發熱烈討論呢。你可能會拿到新人獎喔？」

我為了逃避深入思考由衣夏的事，隨便向沼田拋出一個問題。

「電梯喔……」

沼田用只有談論自己時才會展現的口若懸河，盡情對我訴說。

「上星期社長親自問我要不要去經營企畫室呢。那裡是社長的直屬部隊。是要我去負責中期經營計畫之類的嗎？」

這個沼田要去那個經營企畫室？不過他進公司才第一年，卻對社長的命令交出了再出色不過的成績單，這也不是不能理解的事。那些瞧不起沼田的同期們聽到這件事，一定會嚇得目瞪口呆吧。

但經營企畫室是社內業務數一數二繁重的部門，而且來自上司的壓力似乎也非常大，我也聽說有好幾個王牌級的員工「被壓垮」。少了那個部門，公司在各方面都會停擺，所以雖然近年興起職場改革風潮，那裡仍是某種不可侵犯的聖域，到現在惡劣的工作環境依然未能改善的樣子。要接受這項人事異動，應該需要莫大的覺悟。

「那你真的要去經營企畫室嗎？」

「不，我拒絕了。因為我進這家公司，是為了進總務部啊。電梯的事，也是總務部長死纏爛打地拜託，我才勉為其難答應的，而且電梯塞車這種事，在設備管理領域早就是老掉牙的問題了，稍微做點功課，就有一大堆前例可以參考。所以我從一開始就知道只要貼幾張貼紙就能搞定了，但我覺得這是個機會，可以裝出有在工作的樣子，暫時摸魚偷懶，所以戴上安全帽跟業者討論，讀個專案管理的書，裝出有在研究這個問題的樣子而已。」

這番告白令人震驚。沼田從背包拿出一本薄薄的雜誌遞給我。封面上大大地印著

《月刊 企業總務》，右側小小地印著「二〇一一年七月號」。似乎是以總務人員為讀者群、極度冷門的業界雜誌過刊。我翻開露出藍色標籤貼的那一頁，就像沼田說的，上面有一則小報導，正是帕森斯競爭對手的人力資源公司，他們的赤坂總公司大樓，就以完全相同的手法解決了電梯壅塞問題。

我猛地抬頭看向沼田，對上一如往常的嘻皮笑臉。對了，他在總務部優雅的午後閱讀時光——雖然也可以正面解讀為這是他平日蒐集資訊的成果，但那膽大包天的怠惰，讓我在傻眼之餘，更是驚愕萬分。我想起他入社第一天的發言：「我希望被分發到總務部之類的超涼單位，只做不會被開除的最基本工作，每天準時下班，然後……是啊，我想去皇居慢跑之類的。」可是，這麼說來……

「沼田，你的目的到底是什麼？雖然你那樣說，但還是做出了成果，被大家稱讚超厲害……你會不會其實愛上了工作？」

沼田露出有些吃驚的樣子，但立刻恢復了平時那副老神在在的樣子。

「是嗎？」

沼田裝模作樣地望向虛空。

「……老實說，妳剛才說的那些，確實也是有一點。可是仔細想想，就連新人獎，我也打從心底覺得無所謂。如果可以婉拒，我真想這麼做！畢竟被別人的評價牽著鼻子走，是這世上最愚蠢的事。被別人說『那小子好像婉拒了新人獎』、『他要是認真起來，好像超厲害』，實際上什麼都不做，悠哉地過日子，或許才是我的理想吧。」

「什麼跟什麼啊？所以你到底是希望別人對你有所期待，還是沒有？如果你是害怕辜負別人的期待，一定沒問題的。你的話，一定可以拿到新人獎，在經營企畫室也能表現得很好。」

我只是坦白說出自己的看法，然而沼田的臉卻滲透出那種被觸碰到不想被觸碰的地方時、伴隨著一絲不快的羞恥。雖然他很快就把它抹掉了，但他花了點時間，才恢復了平時那種嘻皮笑臉的表情。

「……請不要隨便說那種讓人期待的話。像那樣期待自己或別人，要是在最後關頭遭到背叛，實在是難堪到讓人想死吧？與其那樣，我還是覺得什麼都不做要強多了。」

沼田設法戴上勉強擠出來的開朗笑容面具，這麼說道，將手中杯子裡已經沒氣的啤酒一口氣喝光，叫來店員結帳。

「只是……嗯，我覺得很痛快。雖然只是小事，但我拒絕了有點過節的宇治田社長的邀約。」

沼田吹毛求疵地把帳單精準平分，在櫃檯將四千多圓遞給店員，最後以感慨良多的口吻這麼喃喃道。

「愛意沒能傳達呢。」

回程電車裡，我反思著與沼田的對話。

每個人的心，形狀都不同，但單看外表，外觀相似，這樣的人被塞進「朋友」、「同期」這些定義模糊的圈子裡，建立起關係，並擅自期待對方一定也有一顆形狀與自己相同的心。

那麼，我的心是什麼形狀？我對由衣夏付出那麼多的愛，卻有一些未能得到回報，我為此煩惱，不僅如此，還怨恨地看著她拋下我，就要前往別的地方。

如果母親是我，一定不會這樣想吧。對於已經給予他人的事物，她應該沒有半點執著。反過來說，這完全反映了我對由衣夏的複雜感情。對於只接受而不回報，她一定沒有半點罪惡感。

雖然她們就在我的身邊，我卻不認為自己能對她們瞭若指掌。但我再也不想用這當藉口，繼續停留在原地了。尤其是讓我苦惱的這兩段人際關係，其中一段即將逼近離別了。至少那一段，我必須親手好好地結束它才行。否則，我覺得它會成為我一輩子心頭的傷。

妳什麼時候回富山？以後會很難見面了呢。

知道妳應該忙著搬家之類的事，不過如果有空，臨走前要不要去喝個下午茶？

有別於過去總得反覆思量老半天才能擠出簡短的訊息，我這次毫不猶豫地在美食網站挑了家赤坂的下午茶店，傳送連結過去。

◇

我們約了下午三點，由衣夏傳ＬＩＮＥ說她會晚五分鐘到。這家店好像對訂位時間很嚴格，穿著可愛圍裙的店員一點都不可愛地持續跑來問：「請問您的同伴什麼時候會到呢？」真是令人不快。

「對不起！我遲到了。」

完全不曉得這段尷尬等待狀況的由衣夏以她平時的——不，以超越平時的燦爛登場，把我的負面情緒也一掃而空。一定就是她這樣的特質，讓我不可自拔地喜歡上她吧。

無謂的閒聊就這樣無謂地過去。餐廳的大窗外面，只能看見周邊的住商大樓冰冷的背部或腹部。十一月底的冬日漸漸步入黃昏。

「由衣夏——」

就像某次的卡波納拉義大利麵，我喝著這次兩人也點一樣的伯爵茶，安靜地向由衣夏提問。

「妳怎麼會想要換工作？還以為妳在帕森斯做得很愉快耶。」

避免用「我」當主詞。避免我的心被或許再也不會見面的她留下不可挽回的傷害。我昨晚還在浴室裡預演過，挑選了狡猾的措詞。

「唔……」

由衣夏以小巧的右手托著小巧的下巴，可愛地轉動著視線。她這種毫無算計、做得極其自然的動作，一直以來吸引了許多人吧。

「也不是說我對帕森斯有什麼不滿，只是在考慮換工作的時候，剛好有人找我。我跳槽的新創公司，是家鄉的朋友開的，他無論如何都希望我去。我在大企業工作過，還有大學擔任深谷蔥小姐時也做過類似推廣地方魅力的工作，他綜合評估了以上資歷，肯定我的能力。薪水當然會變少，但我還是喜歡家鄉，還有最重要的是，比起在大公司當個小螺絲釘，用自己的名字工作、得到評價更好。我真心這麼覺得。」

「那，妳為什麼跑去應徵高登？」

對於我連珠炮似的提問，由衣夏沒有退縮，堅毅地回答：

「就像大家傳的那樣，我確實去應徵了高登被刷下來，這是真的。不過那是跟地方創生新創公司完全不一樣的管道。我大學的時候也留學過，本來就對國際性的工作很感興趣，不過在帕森斯應付敷衍地做著業務等事，就完全忘了這件事，可是後來又見到英梨，聽到她說到的工作上的事，這樣的熱情又重新被點燃了……咦，等一下，妳這是在怪我嗎？」

我從來沒聽過由衣夏用這麼快的語速說話，她的口吻像在掩飾，卻什麼都掩飾不了。地方創生新創公司和外資銀行，她想在這兩間公司做的事毫無連貫性，應徵動機的說明也太過隨口敷衍。

見招拆招，敷衍一時。這或許就是由衣夏的本質。只要看到哪裡比現在更好一點，她就會毫不猶豫地跳進去。跳進更被需要、能獲得更多關愛的地方。她所追求的，是在那裡得到的愛本身，至於是誰奉獻的愛，都無所謂。所以她可以輕率拋棄身邊的人際關係。對於帕森斯的人，或許她本來就沒有特別的興趣和感情。如此無足輕重的群眾之一，居然像這樣責怪她尊貴的決定，讓她感到無法原諒，或者說整個莫名其妙吧。

不過已經夠了。因為我和她再也不會見面了。所以我可以拋開對她的客氣，只顧著不要讓自己受傷就行。

「妳——」

然而我終究還是無法對她說出預演過好幾次的話語後續。

「什麼人都好，妳只想要有人愛妳，但不願意為此付出情感，對吧？」

沒錯，由衣夏和我是不同的人。或許甚至可以說完全相反。由衣夏和我的關係總是單行道。她開朗地說著：「謝謝！」收下我的禮物，能往口袋裡塞進多少是多少，然後留下我離去，前往能收到更多禮物的地方。就彷彿帕森斯同期們冰冷的目光、任意愛上她的我，從一開始就完全不重要。

這應該不是好壞的問題吧。就只是因為，由衣夏是那樣的人，而我是這樣的人，如此而已。由衣夏或許是藉著這次換工作，再次決心以她的本色活下去、決心拋下我們繼續往前跑。

「下午茶的鹹點很容易想留到最後再吃，最後卻吃不下呢。」

由衣夏說著，惋惜地用指頭撥弄包著生火腿的麵包棒。我們前面各自擺著形狀相同的三層點心架，上面有司康和小蛋糕。但我從鹹點開始吃，她從甜點開始吃。她剩下了麵包棒，我剩下了小蒙布朗。不管是選擇什麼、剩下什麼，我們全都不一樣。然而卻想要彼此理解、以相同的方式彼此相愛，實在太自以為是了吧。

白色茶壺裡的伯爵茶剛好喝完了。不管再怎麼搖晃，連半滴都倒不出來了。走出店外，天色已經全黑了，冷風吹拂而過。和由衣夏在內定典禮上認識以後，剛好過了一年。

「那，加油喔。」

「……嗯。」

我們只說了這些就道別了。由衣夏最後可能想要說什麼，嘴唇微啟，但隨即緊抿，變回她總是向我們展示的可愛笑容的一部分。我故意假裝沒發現這件事。這樣就結束了。

由衣夏離開後的帕森斯的日常，令人驚訝地毫無不同。先前對她表示氣憤與失望的同期們，等到由衣夏真的離職了，就彷彿她從來不存在一樣忘了她，甚至再也沒有人提起她的名字。

十二月底，由衣夏離職過了約一個月後。

「首先，我要為先前給大家施加過度的壓力而道歉。當然，我並不是故意的，也是為了讓大家成長而這麼做，但我也非常明白，這不能當成藉口。」

在召集了部門成員的會議室裡，濱口課長以一如往常的公事公辦口吻，卻用了平常絕不會使用的措詞，向眾人道歉。我們低著頭默默聆聽。

我的同期裡面，算上由衣夏，已經有二十三個人離職了。人事部認為事態嚴重，針對年輕員工進行壓力測驗和面談，認定有幾名主管涉嫌職場霸凌。其中包括了濱口課長。

濱口課長只是實踐了過去某個時間點被視為正確的價值觀，然而那種價值觀一旦不再被認可，便立刻遭到撻伐。當然，就如同她也承認的，「在二〇一九年的今天，我不知道自己以往的行為會構成職場霸凌」這種藉口是行不通的。

從這天開始，濱口課長就像離職前的由衣夏一樣，經常請假。一度被認定職場霸凌的前經理，應該很難再重返經理之位，所以大家都在傳，她一定很快就會跳槽去同業的其他公司了。

如果她真的離職了，對於部門裡的人來說或許是好事，但對我卻不是。我想起「老媽子」這個惡意的綽號。不對，她才不是什麼老媽子。

比起老媽子，她更要——

離開那個家吧。一個人生活吧。今天回家以後，就這麼告訴母親吧。

濱口課長那場令人不忍卒睹的道歉之後，我的腦袋一片空白，佯裝平靜地衝進廁所隔間裡，立下了這樣的決心。心靈安歇之處，必須自己來打造。

◇

下班後我沒有去皇居慢跑，也沒有去聚餐，直接回家了。晚上八點多，我一如往常安靜地打開家門，玄關一如往常充盈著溫暖的光，然後一如往常地，屋內傳來母親的聲音。

「妳回來了。」

我從喉嚨擠出「嗯」或「唔」之類的含糊應聲，閃躲母親一如往常的溫柔。我洗過手，逃往二樓自己的房間放下外套。

高中的倫理課上，老師提到「不求回報的愛」時，教室響起輕微的笑聲。聽起來就像演得太用力、教人看了難為情的電視劇台詞。然而其實它從很久以前，就一直存在我的身邊。它總是在那裡，並且總是讓我窒息。

我打開門。經過走廊，走下樓梯，然後深呼吸。

我要去宣布，我要離開在這個溫暖的巢箱裡保護我、哺育我、全世界最愛我的人。這是迫切的自衛行為，好讓我依著自己的心的形狀活下去。

「媽。」

我邊走下樓梯邊開口。空氣中瀰漫著高湯的香味。下樓梯後，往右是客廳，面對客廳的吧檯另一側的廚房裡，好像又在煮羊栖菜了。我總覺得沒辦法看著母親的臉說話，所以沒打開通往客廳的門，繼續說下去。

「媽，我想要最近就搬出家裡，一個人住。」

不知道母親是什麼反應。我只看見天花板的嵌燈映照下，有些昏暗的階梯和牆壁。

「妳一直支持著我，我真的很感謝。可是媽，我說不用晚飯的日子，真的就不用準備了。」

母親沒有吭聲。

「把飯剩下讓我覺得很內疚，而且拒絕妳的好意，讓我很難受。一直都很難受。」

我說到這裡，返回自己的房間。關上房門，從小熟悉的房間被淡橘色的燈光照得亮晃晃的。心跳快得難以置信，但也只是這樣而已。我盡可能公事公辦地換上慢跑服，不看母親的臉，前往玄關，換上跑鞋，粗魯地「喀嚓」一聲推開門。

我在寂靜無聲的夜間住宅區奔跑。每當家家戶戶的窗戶透出的溫暖燈光貼上我的臉上，我便移動雙腿甩開它們。透明的冷空氣滑順地進入肺裡，我彷彿一點一滴地蛻變為與過去截然不同的人。

我想到母親。面對失去可以遞出的對象的滿鍋羊栖菜，怔立在廚房的母親。往後，她還有辦法繼續去愛那個血緣相繫的特別的他人嗎？

我想到由衣夏。基於想要更深地被愛這種自私的動機，滿不在乎地拋棄身處的所在、拋棄愛她的人們離去的她，心中真的沒有任何一絲痛楚與後悔嗎？

奔跑的時候，人是孤獨的。我在無人的筆直街道，不知道起點和終點在何處，用只屬於自己的方法，盡可能不停地跑向最遙遠的地方。

第三章
令和四年

二〇二二年四月，出社會第七年的我，以導師身分搬進了位於池尻大橋的大型大學生共享住宅「交叉點」。這棟「交叉點」是我任職的鐵路公司活化閒置土地的「看似創新又革命的事業」，參考哈佛大學等美國名校學生宿舍興建而成。

這棟新建於舊大山街道旁、五層樓高的集合住宅裡，總共規畫約四十個房間，每個房間約十平方公尺大，僅能容納一張床和一張小書桌，但各處都設置各種近乎奢華的公共設施。一樓有擺設精緻復古家具的寬敞交誼廳，二樓是每天提供營養均衡餐點的整潔餐廳，屋頂則鋪滿人工草皮，景觀無敵。

「『交叉點』這個名稱，是期許這裡就像十字路口，讓住民邂逅日常生活中不會遇到的人。我們期待各位在這裡彼此切磋學習，不斷創造出新的文化與事業。」

我因為在這裡的營運公司上班，被指派為六名社會人士導師的組長（導師也就是學生的輔導員）。我在一樓交誼廳舉辦的入住典禮上，勉力隱藏著全身的僵硬緊張，激勵年輕的房客們。值得紀念的第一屆學生房客共有三十名，都是就讀東大、早稻田、慶應，最差也是俗稱MARCH的明治、青山學院、立教、中央、法政這五所大學的名校生，透過申請書和面試等審查精挑細選出來。他們各自拿著海尼根啤酒瓶或裝烏龍茶的杯子，一字排開，似乎正沉浸在自己雀屏中選的興奮之情，心安理得地沉浸在湧上心頭的自我肯定感。

「高中的時候，我以日本代表的身分出席環境問題的國際會議。」

「我在全國各地舉辦工作坊，推廣冷門運動的軟式網球。」

「我在研究所研究我最喜歡的魷魚，還以『魷魚女孩』的身分上過電視節目。」

他們一個個說出五花八門且耀眼燦爛的自我介紹，聽得我頭暈目眩，冷汗直流，拚命思考該如何美化自己乏善可陳的經歷：「從慶應湘南藤澤校區畢業後，沒有多想就進了某家公司的新事業開發室，做著看似創新又革命的工作」。

從這天開始，在交叉點展開的生活充滿了熱血追求理想的高意識氣息。大學生和社會人士導師會一起在交誼廳看電視新聞節目，針對瞬息萬變的國際情勢交流看法，或是帶著水煙壺到頂樓舉辦烤肉派對。每次聚會，都會有人說「難得有這麼多優秀的成員齊聚一堂，希望可以做些有趣的事」，其他人也熱烈附和：「不錯喔！來吧來吧！」

「你為什麼會當上班族呢？」

入住後約兩星期的某一天，我早上七點前就起床，在無人的交誼廳鑽研艱澀的商業書籍，這時慶應文學院一年級的脇谷對我拋出了這個問題。我暫時將目光從書本上移開，先一步猜出他的意圖，笑著回答：「因為我找不到特別想做的事和擅長的事啊。脇谷，你可別變成我這樣啊。」

「喔，我並不是瞧不起或是批評上班族。我們Z世代通常都會避開那些美其名是『基層歷練』，要我們做上好幾年根本不喜歡的工作，或是配合公司需要，被迫接受無視人生規畫的繁重業務或調動，所以我只是純粹好奇，怎麼會有人想當上班族……喏，最近不是很流行當自由工作者，但像隸屬公司一樣同時參加工會嗎？」

脇谷一點抱歉的樣子都沒有，反而顯得有些得意。Z世代——我還以為這個詞彙是某些中年大叔為了利用年輕人賺錢而發明出來的虛構概念，沒想到交叉點的大學生們竟會主動自稱是Z世代。接下來，每當他們定義「Z世代」，無法加入這個俱樂部的社會人士導師們，就成了所謂「錯誤的老古板」，被迫背上永遠不可能擺脫的十字架。沒錯，交叉點一方面是超越世代的交流場域，同時卻也是打造世代隔閡的場域。看來今天的風向是譴責我不是自由工作者而是上班族，這讓我內心有些厭煩。我正擔心要是脇谷繼續糾纏不休該怎麼辦時，下一個祭品從電梯走出來了。

「啊，沼田先生！沼田先生為什麼會進入帕森斯？既然都能在帕森斯拿到新人獎了，在學生時期自己創業就好了啊。」

可能是來交誼廳喝免費咖啡的，社會人士導師沼田穿著全套褐色運動衫、看起來像睡衣的居家服就這樣過來了。其他導師不是擁有教練證照的專家，就是社群設計師這類頭銜教人摸不著頭緒的自由工作者，只有沼田和我是上班族，因此我私自對出社會第四年的他抱有親近。

「咦，問我為什麼喔……上班族只要上班摸魚打混，每個月就能領到固定薪資，不是讚透了嗎？而且我能免費住在地段這麼好的新屋共享住宅，也都是因為我是上班族啊。上班族萬萬歲！」

沼田給了個語驚四座的回答，拿起保溫瓶往紙杯倒入免費咖啡。「原來如此，這跟Z世代的價值觀也有共通之處嗎……？」脇谷似乎努力去理解，但從他的表情來看，沼田那番過於自甘墮落的主張，似乎讓他甩不掉傻眼之感。

沼田應該就是秉持他說的那種心態在工作，公司也無奈地默認吧。帕森斯人資顧問公司向來積極支援高中生及大學生創業，所以我們公司的董事商請他們派一位員工來擔任導師，結果宇治田社長說「我們這裡有個很有意思的人，應該可以為年輕人帶來不錯的刺激」，派來的就是這個沼田。

「你問我身為導師，想要提供什麼價值嗎？唔……沒有耶。我不曉得宇治田社長說的『帶來不錯的刺激』是什麼意思，而且人生經驗只差了幾年就想自以為是地指導大學生，你們不覺得這很僭越嗎？我才不幹那種事呢。光是自己的人生就夠累了，還要扛起別人的人生？免談。」

在入住前的三月舉行的導師聚會上，沼田沒有半點罪惡感地斬釘截鐵這麼說。其他導師都啞口無言，但他說的話，確實有些部分讓人認同，而且沼田好歹也是那家帕森斯的新人獎得主，所以我認定宇治田社長會推派他，必定有某些用意。

◇

「咦，住在共享住宅啊？我還以為你一定正一蹶不振，不過看你好像很享受久違的單身生活，真是放心了。話說回來，我們好久沒來這裡了呢。」

這裡是神泉邊郊一家氣氛沉穩的法式餐廳，我和長谷川一起坐在情調十足的吧檯座，他半起鬨地看著我這麼說，所以我也不客氣地回嗆：「很羨慕對吧？婚姻生活根本就是在坐牢，你也很快就會想要回歸單身了。」

長谷川和我是多年老友了，我們從完全中學的男校到大學都是同學，甚至連加入的研究室都一樣。我很久前就聽說他要跟聯誼認識、已經交往三年的小女友真綾結婚了，上個月似乎終於迎來了那個大日子。

「她成交的手法之精采，連一流業務員都要自嘆弗如。她一定早就綿密規畫好倒數時程，高明排除掉所有障礙了。」

去年的這個時候，真綾向長谷川下達最後通牒：「我想在三十歲以前生孩子。備孕需要時間，另外我也想充分體驗小倆口時光，所以如果你不在我二十五歲生日前向我求婚，我們就分了吧。」後來她安排長谷川和自己的閨蜜們聚會四次、與自己的母親輕鬆聚餐兩次，這段期間與長谷川的死黨們見面三次，接著……如此這般，慶應畢業後進入國內飲料廠商龍頭任職的績優股長谷川，宛如被優秀的牧羊犬驅趕的無助羔羊般，一步步被逼到女方設定的目標終點。

我見過真綾一次。和長谷川的哥兒們相約的三次聚會當中，有一次是長谷川和真綾，加上我和前妻冴子的小型家庭派對。我們夫妻在當時居住的學藝大學的兩房一廳住處招待兩人，只要回溯手機相簿，應該就能找到當時的派對照片。那是去年六月梅雨前夕，一個有點涼意的陰天。

「我真希望結婚以後可以像兩位一樣！冴子姐是事業女強人，又有堅定的主見，真是太崇拜了。」

可能是喝著冴子接連從小酒窖裡取出的葡萄酒，醉得很舒服，真綾大力讚稱我和冴子。真綾自己則是從女子大學畢業後，住在都內的父母家，在父親開的中小企業當會計行政，就像是做興趣的。我不懂這樣的真綾對冴子有什麼好崇拜的。

「咦！才沒這回事呢！什麼事業女強人，我只是在普通電信公司當業務的上班族而已。」

冴子忽略真綾那句「有堅定的主見」，瞥了我和長谷川一眼，所以我們只能默默微笑。冴子是我和長谷川在研究室小一屆的學妹。她重考一年，所以跟我們同齡。

從冴子進入我們研究室開始，我便動輒找理由在聚餐時坐在她旁邊，夏季的研究室集訓中，我在企畫組暗中操作，讓自己跟她分到同一組。她出社會第三年的冬天，一聽到她跟男友分手的消息，我當天就傳LINE邀她約會。這些宛如我們夫妻權力關係的歷史，長谷川都知之甚詳。還有冴子從在研究室的時候，就經常發表她那套有些特立獨行的人生觀，長谷川一定也還記得吧。

「不管是法律婚還是事實婚，我絕對不可能被一時的決定束縛一輩子。」

每回在研究室聚餐之類的場合聊到結婚話題，冴子總是這麼說。她一直極度厭惡婚姻，自稱跟之前的男友也都是為了結婚問題而分手。她十分獨立，職場生活也很充實，在各種社群結交許多朋友，行程總是滿檔，從包場美食聚會到攀岩都有。換句話說，她的「自我」太明確了，根本不需要婚姻。即使不結婚生小孩，她的人生也有太多事情可以忙，就算沒有「慶應畢業雙薪高收入夫妻」這種外在頭銜，她也能展現自我。所以聽到我跟交往還不到一年的冴子於二〇二〇年夏天結婚時，長谷川很吃驚：「你跟她跪了幾小時才逼她答應的？」下跪本身大概兩分鐘就結束了，但其實我是跟她簽下了比下跪求婚更管用的合約。

①只要冴子提出離婚，我必須無條件接受。
②向雙方父母保密第一點約定。
③若因前述兩項約定而發生爭執，冴子無需負任何責任，一切由我負責解決。

「喂喂喂，這什麼啊？你們是打算當假面夫妻嗎？」長谷川整個人呆了，但不管是假面夫妻還是什麼都好。我無論如何都想透過某些手段，讓我和冴子的關係有個著落。即使沒有意義，我也想盡可能降低冴子可能會離開我的不安。雖然我依照她的要求，為她準備了離開的出口，但即使只是一條細絲，我也想要把她綁在我的身邊，盡可能拖延她走向出口離開我。我就是如此深愛著冴子，愛得如此難看。我可以舉出無數瑣碎愛她的理由，像是她像貓咪般飛揚的清冽眼神、細長高挺的鼻梁、看似女中豪傑，私下卻意外地纖細體貼等等，但我超越了一切道理，就是愛上了她，渴望這單方面的愛意能夠修成正果。

冴子的社交生活由於新冠疫情而完全停擺，在這樣的百無聊賴驅使下，我們在二〇二〇年的七月登記結婚了。我們扭曲的婚姻生活並不像長谷川擔心的那樣，是假面夫妻，而是充滿了滋潤，幸福美滿。冴子經常跟朋友舉辦線上酒局，但此外的時間，我們都形影不離。我們租車去葉山兜風、訂購昂貴的菲力牛排搭配葡萄酒享用，或是打開Netflix，躺在沙發上一口氣追韓劇到天亮，把社會的限制當成一種條件限制遊戲，一點一滴地累積微小的幸福——至少我是這麼相信的。工作很充實，也獲得了不少肯定，但自從結婚開始同住以後，我毫不猶豫地把和冴子相處的時光放在第一優先。對我而言，工作只不過是用來填補遇到冴子以前的人生空白的盛大消遣。

我倆的婚姻生活沒有大爭吵或大問題，就這樣倖存了一年半左右，然而就在社會逐漸恢復過往日常的去年底，冴子提出了合約第一條，讓這段關係突然宣告結束。冴子的社交活動再次復活，連續幾天都滿不在乎地凌晨過後才回家，事情就發生在我對此卑微地稍加抗議的隔天。

「我並不是討厭你了，當然也不是喜歡上別人了。我只是覺得，我們兩個都不適合婚姻。」

聰明的她，想要說什麼從來都不拐彎抹角，這時卻刻意選擇了說「我們兩個都」。

就彷彿在宣告這段婚姻之所以失敗，原因並非任何一方，而是兩人都有責任。我沒有問她這句話真正的意思，但這應該不是為了安慰我的好聽話，而是對她而言，這就是千真萬確的事實吧。

「你可以去嘗試一些新事物啊，像是搬到新環境之類的。」

冴子搬出去那天晚上，長谷川給了我幾個具體的建議。於是我忽然想起去年秋天接到洽詢，但因為剛新婚而拒絕的分享公寓營運附住宿支援職務，當天立刻聯絡上司問：

「不好意思，那件事還需要人手嗎？」

「最近我一直很不安。因為真綾一直催，所以我跟她結婚了，但我懷疑我們的婚姻生活會順利嗎？所以我希望你直言不諱，給我一些建議。我們從十二歲就認識了，你應該比真綾更瞭解我。」

長谷川啃著上桌的無花果開胃小點，看也不看我地說。我跟長谷川在男校的六年間成天混在一起，幾乎就像一對。我的朋友圈應該還有其他三、四人，但不知怎地，回顧國高中，就只想得到長谷川。但上大學以後，我們變了。正確地說，是我變了。我被丟進從小學以後就沒再經歷過的男女共學環境裡，突然成了嚴重的戀愛腦，一個接著一個愛上不同女生，跟其中幾人交往，沒多久又分手。還在念大學的時候，我跟長谷川相處的時間還算多，但婚後我都只跟汐子在一起……我們應該是死黨，然而這一年多的時間裡，除了包括那次家庭派對等幾次聚會以外，我們幾乎都沒見面了，實在是見色忘友。儘管如此，長谷川接到我突來的電話告知「我離婚了」，當天立刻找我去喝酒，後來也時時關心我，今天也像這樣，比任何人都先向我報告他的人生進度……對於失去汐子、失去戀愛這個選項的我而言，說來自私，時隔數年，他再次成了超越死黨的存在。

我聽他說起據說要在秋天舉辦的婚禮候補日期，勉強搞笑說：「嗯，交給我吧。我對失敗婚姻的瞭解，就跟對你的瞭解一樣深嘛。」

我跟長谷川在晚上十一點多解散。在池尻大橋站下了電車，走個幾分鐘，就到了交叉點。靠近大門的時候，我發現有點不對勁。都已經這麼晚了，交誼廳卻燈火通明，傳來年輕人特有的高亢吵鬧聲。

「咦！超親人的耶！會不會是別人家走失的貓啊？」

「不是啦，喏，你看耳朵，有剪耳，所以是當地人餵養的社區貓。」

「什麼是社區貓？跟野貓不一樣嗎？」

一隻黑貓趴在交誼廳入口的沙發腳邊。儘管被十幾名住戶包圍，那隻貓卻落落大方，趴在裸露的水泥地上專心地舔著右腳。

「我去超商買冰，回來的時候看到牠縮在門口，靠近也沒有跑掉，一開門就直接大步走進來了。牠還是小貓，把牠趕出去也很可憐，所以我們正在討論，不如今晚就先收留牠。這裡應該沒有禁止養寵物吧？」

姓椎名的女生為我說明狀況。記得館內規定有一條是禁止攜入生物，但只要我睜隻眼閉隻眼就沒事了。我正打算行使小小的權力說「可以啊」，這時貓咪突然站起來往前跑，朝正好走出電梯的沼田的腳用力磨蹭上去。

「黏我做什麼啦？我有輕度貓毛過敏耶。」

沼田摸了摸小貓的頭，就像在炫耀降臨身上的幸運，接著因飛舞的細毛而打了個超級大噴嚏。

◇

從這天開始，「吉原」自由進出交叉點的交誼廳和中庭了。吉原就是那隻黑貓，這個名字是經大家投票選出來的。「以前我有個厚臉皮的朋友就叫這個名字。」沼田用這種莫名其妙的理由提議這個名字，但的確很適合貓咪厚臉皮霸占各處陽光睡大覺的模樣，同時我們也感覺牠最親近的沼田似乎有權利為牠命名。不過站在我們的角度，倒覺得「厚臉皮」這個形容最適合沼田自己。

「我問了附近住戶，聽說這一帶以前有個愛媽會餵食流浪貓，所以有很多野貓在這裡住了下來。但那個愛媽後來進了安養院，所以當地居民就當起義工做TNR，也就是捕捉浪貓，結紮之後再原地放回，在固定的地點餵食、準備貓砂盆等等，把浪貓當成社區貓來照顧管理。」

讀大一的椎名熱心地調查了這個區域的社區貓狀況，在週六午後與大家分享。她似乎在童年時期生活的紐約培養出全世界最先進的動保精神，說她回到日本後，也繼續從事各種動物相關志工活動。聽到她是歸國子女，起初我擔心她會不會動不動就「美國怎麼樣」，樣樣都是外國好，但她和脇谷不同，沒有向我們這些社會人士導師揮舞世代論的鬥爭大旗，但也不至於顧忌大人，不敢說出該說的話。她就是淡淡的，嬌小的體內卻隱藏著堅定的熱忱，是個很奇妙的女生。雖然也沒有經過選舉，但年紀最小的她似乎正順其自然地成為大學生住客的領袖人物。

「不過也有些居民討厭任意闖入私人土地的社區貓，或是志工之間溝通合作不順暢，似乎還有許多問題需要解決。以交叉點為據點，聯合附近住戶和行政單位，一起來解決社區貓問題，怎麼樣呢？」

椎名如此提議，交誼廳裡約二十名年輕人紛紛出聲：「贊成！」「首先必須分析現況呢。能不能擴大訪談範圍，也瞭解一下反對人士的意見？」「行政單位那邊，調查一下有沒有什麼相關補助吧！」他們立刻陸續提出下一步行動方案，讓我驚訝極了。

「看吧，這就是Z世代。我們從國小國中接受的教育，就是重視解決問題，培養個人問題意識，所以對這些很熟悉。」

脇谷故意走到我旁邊來，神氣兮兮地附耳對我這麼說。「真的嗎？好厲害。」我直率地表達佩服，但有人對脇谷潑了冷水：

「也就是說，你們並不是自動自發地變成Z世代，而是被教育成這樣，表現出大人所期望的Z世代模樣嗎？這樣的話，跟我們這些聽學校老師的話，只知道念書的世代又有什麼不同？再說，有些人嘴巴說得很厲害，什麼『我要在學生時代創業』、『人生不是只有工作』，實際上卻什麼都不做，對我來說，Z世代跟他們根本沒什麼兩樣。嘴上說得天花亂墜，但實際上到底會做什麼，我倒是很想見識看看。」

是坐在我旁邊的沼田。「……那種滿口『本質都一樣』的大叔，最惹年輕人討厭了！」可能是多少被一語道破，脇谷丟下這句話，回去年輕人的圈子裡了。

「可是沼田，你不也是因為吉原的關係，才會開始關心社區貓問題嗎？」我有些刻薄地問道。和我這個手忙腳亂想要扮演好導師角色的人不同，沼田彷彿只把導師當成免費住在這個共享公寓的方便職稱，不是在交誼廳看些感覺對商業毫無幫助的哲學書，就是在公共廚房做些費工的燉菜，一個人獨享，完全不做任何像導師的事，也不會對年輕房客提供任何建言，就只是嘻皮笑臉，默默地觀察他們。

至於他在帕森斯的工作，據他本人的說法是「我差點被調到超忙碌的部門，正在設法逃避」。他目前隸屬於業務量很少的總務部，原本應該至少每週要去上班三天，他卻無視規則，似乎正以全面遠距模式悠閒地工作。不過，看他偶爾在交誼廳角落參加線上會議的樣子，雖然口氣還是一樣嘲諷，卻也相當積極地發言。以前他說了那麼消極的話，但也許那只是在掩飾害羞，其實還是在工作中找到了一些充實感。完全符合「傲嬌」這個現在已經快變成死語的詞彙的他，若是因為特別親近他的貓咪而改邪歸正，積極參與過往冷眼看待的交叉點的導師活動，總覺得似乎有種滑稽的可愛。

「才沒這回事呢。貓是很善變的，就算是吉原，也不曉得哪天會突然不見。」

沼田溫柔地摸了摸乖乖坐在腳邊的吉原的背，又打了個大噴嚏。我聽著他吸鼻子的聲音，漫不經心地看著年輕人們充滿活力的討論如何發展。

「喏，篠崎他們也要來幫忙。聽說他們高中的時候做過北極熊的保護活動，在動保方面，一定會跟椎名一拍即合。就像這樣，Z世代不只是依循大人灌輸的價值觀，說些理想論……」

看來沼田的指責讓脇谷十分氣不過，他特地折回來想要扳回一城，指著椎名主導討論的圈子稍微右邊的五個人說。篠崎是法政大學三年級生，入住審查的時候，他提交的申請書上確實提到北極熊的事。北極熊、北極熊、北極熊……總覺得哪裡怪怪的，我向他們走近。

「……啊，好期待啊。」

「椎名說她已經找到了關注社區貓問題的區議員。」

「區議員一定會過來關心。」

「區議員過來的話，接下來就要找都議員，然後是國會議員。」

「一定會上新聞。」

「應該會上報吧。搞不好也能上電視。」

「可能會刊登我們的照片，一群為了社區貓而努力的善心學生！」

「啊，真期待。」

「做正確的事真讓人開心。」

「是啊，想要做更多正確的事。」

「我懂。」「我懂。」「我懂。」

總覺得對話愈來愈詭異，我沒有向他們攀談，彷彿從一開始就沒事一樣，回到原本的沙發。

「咦？這麼快就回來了？怎麼樣，跟他們聊到了嗎？都很好相處，對吧？」

我離席的時候，脇谷大概專心在滑手機吧，他渾然不覺地開朗問我，所以我隨口敷衍說「是啊」，試著像個導師一樣，守望繼續熱烈討論的年輕人們。然而加速的心跳卻遲遲無法平靜。

某年夏天，我一時興起去了動物園，在那裡看到熱得癱軟無力的北極熊。這要是小時候，我可能會想「北極熊也熱成這樣，真可憐」，但高中生的我不一樣。我在北極熊的另一頭看見了北極。北極由於地球暖化，淡綠色的冰正發出細微的滋滋聲響，逐漸融化。現實中，北極的北極熊正被逼到窮途末路——我詛咒自己的無知與無力。我在電視上看過好幾次「北極熊正在受苦」的狀況，卻不肯去瞭解為何會發生這種事，對於可愛的北極熊受苦的現況袖手旁觀，悠哉度日，我的心胸充滿了慚愧。因此我說服父母，透過群眾募資籌到旅費，前往北極……

果然——這天晚上，我在自己狹小的房間裡看著電腦螢幕喃喃自語。總共有五個人。五名大學生住客，都寫了完全一樣的北極熊故事。

我在看的是委託審查申請入住學生的外部業者送來的申請書和面試資料。包括落選者在內，我重讀了全部申請者的記錄，發現包括篠崎在內，總共有五名學生寫了相同的北極熊故事。他們所有人都通過了審查，現在也都住在這棟共享公寓。

為何審查時沒有發現異狀，其實也是情有可緣。最近我也開始擔任新進員工的第一次面試官，所以很清楚，學生說的內容幾乎都大同小異。回想自己求職那時候，就算面試官問我學生時期做過哪些努力，我好像也只能說些真假難辨的類似內容，像是「在打工時擔任副組長，讓店裡的業績成長了一點二倍」、「在網球社擔任副代表，讓迎新集訓的參加者成長了一點二倍」。所以當時在共享公寓開幕前夕的繁忙業務中，我不假思索地只覺得可能有什麼拯救北極熊的大規模非營利組織正在流行，有許多學生在熱情驅使下參加了。

「我聽說過奇妙的傳聞喔。」

我找了在人事部負責招募應屆大學生的同期三浦詢問。

據她說，從幾年前開始，有家以高中生為客群的線上補習班「吉原義塾」大受歡迎，那裡針對想要透過推薦入學方式進入名校的學生，以套餐形式販賣大人會青睞的各種體驗。也就是說，先有一份「面試官會喜歡這種的」菜單表，再從當中選擇自己要的體驗。從成立群眾募資、像那麼一回事的非營利組織，到交通方式、住宿飯店、當地證據照片的拍攝等等，吉原義塾都會全部為客戶安排妥當。相對地，學生的父母必須將必要的金額匯入群眾募資的帳戶，並且向吉原義塾支付協調費、諮詢費等高額手續費。有些大學，特殊選才或指定校推薦入學占了新生名額的一半，因此在推薦入學逐漸成為主流的現代，這些做法是不折不扣的大學入學考試對策，在重視教育的父母和自視菁英的高意識學生之間，吉原義塾據說是相當有名的。

可能是食髓知味，吉原義塾最近不只是大學推薦入學市場，似乎甚至進軍了求職市場。

「業界裡俗稱『北極熊故事』，有不少學生在申請表和面試說了一模一樣的內容，我自己最近也實際遇到好幾個。連那種裝模作樣的說話口氣都一模一樣，怎麼說，教人頭皮發麻。」

這一時令人難以置信。如果三浦說的是真的，那麼篠崎他們確實去過北極，但那只是為了應付推薦入學，崇高的旅程煞有介事的動機根本就是假的。沒能識破偽裝，讓他們住進來，我們也有過失，但這豈不是如假包換的詐騙行徑？不過，就像沼田以前指出過的，我們也是從小學就被逼著去上不想上的補習班，聽從父母和老師的話，努力準備入學考。從本質來看，我們和他們不算是背負著相同的罪孽嗎？

我的腦袋不斷地空轉，想不到下一步該怎麼做。我好不容易平靜下來，立下穩妥的方針：首先蒐集情報，同時繼續觀察篠崎等人。

◇

從屋齡新穎的公寓窗戶可以一清二楚地看見晴空塔。

「怎麼樣？景很不錯吧？雖然是邊間，不過是朝北和朝西，所以日照不是很好，但因為位在河邊，所以景觀很不錯，看房的當下我就下斡旋了。」

我站在窗邊呆呆地看著窗外景色，長谷川突然跑過來搭我的肩。可能是想鬧我，他把冰涼的Orion啤酒按在我的脖子上。我默默地接過啤酒，打開拉環，將發泡的液體灌進喉嚨裡。

原本住在藏前的長谷川，和住在大森老家的真綾，終於從七月開始同居了。他們選擇了清澄白河一棟位於隅田川河畔的中層公寓做為新的愛巢。

「這幾年公寓價格漲得很誇張，我很擔心房貸會不會過，但多虧了真綾的娘家資助，才能準備不少自備款。」就像這樣，身為小上班族的長谷川順利買下了美好的新家。

「可是，真是累死了，真綾真的很囉唆。她看了一堆房子，還開始看起購屋教戰部落格之類的東西。『從每坪單價來看，這維修基金是不是太高了？』她說起這種話的時候，我真是沒轍了。」

長谷川笑著發牢騷，喝了一大口Orion啤酒，結果真綾在廚房準備義式生牛肉薄片，鼓著腮幫子抗議說：「都怪某人不認真找，我只好努力做功課啊！」聽說她最近開始去上烹飪教室和葡萄酒學校，今天挽起袖子準備大秀廚藝。

「不過真是諷刺啊。去年這時候，是我們夫妻倆招待你們兩位來參加家庭派對，但因為我太沒出息，今天的派對少了一個人。」

這種可能讓人小心翼翼避開的話題，最好是當事人自己快點說破，一笑置之。真綾似乎不知該如何反應，但長年來跟我就像夫妻一搭一唱的長谷川早就習慣了，立刻哈哈大笑捧我的場。

「來喝個葡萄酒怎麼樣？上次公司團購，我買了聽說CP值很不錯的Cava氣泡酒。」長谷川可能是想自然地轉換氣氛，從冰箱裡取出深綠色的葡萄酒瓶，也不等我回應，便弄出一聲爽快的「啵」，拔掉軟木塞。

家庭派對在行雲流水的帶動下順利進行。主持的當然是真綾，忘了是哪一次，長谷川埋怨「我也不是要全部丟給她做，但可能是因為都住在家裡的關係，真綾完全不會做家事，我很擔心」，這番話現在看起來簡直就像胡說。當然，這肯定是因為真綾為了新生活而努力修練的成果。相對地，我開始在自己的內心看出一種奇妙的失落。「她都幾歲了，還穿超可愛的居家服，有點看不下去」、「她完全不看書，我們經常話題不合」、「她會帶我去跟她女子大學的同學聚餐，每個人滿腦子都只想著結婚，一直叫我介紹單身男生給她們」……這半年來，我聽過長谷川傾吐各種不滿，每次我都搬出自己婚姻生活的經驗，高高在上地替真綾說話：「噯，沒有哪個對象從一開始就是完美的，只能慢慢彼此磨合啦。」但也許在我內心，其實我對長谷川的不滿感到開心。

這一定是因為我幾乎是滿懷祈禱地想要相信，長谷川和真綾即將展開的婚姻生活，將會由於真綾各項能力的不足，而無法變得幸福。那個機智卻又開朗大方、一路分擔我一切悲喜的長谷川，用我失敗的那種方式，卻雲淡風輕地擺出「我才不會像你那樣搞砸」的表情，抛下我繼續邁向人生。這件事讓我感到淒慘的悲傷——

「他啊，每次喝醉就老是講他國高中的運動會、研究室集訓那些往事。就算跟他說我已經聽過好幾遍了，他就是說個不停。」

真綾一邊收拾髒碗盤，一邊笑吟吟地看著我的眼睛對我說。她一定已經從長谷川那裡聽說我的婚姻為何失敗，但絕對不曉得長谷川在背地裡對她的諸多批評吧。今天這場聚餐，一定也是為了拉攏身為長谷川重要客戶的我，進一步鞏固日後婚姻生活的戰略之一……

「真綾，妳怎麼會想要結婚？喏，就連新娘業界都說這是『不必結婚也能得到幸福的時代』，聽說對Z世代來說，婚姻也只是一個選項而已呢。」

我裝出無辜又無知的幼童表情，提出暗藏惡意的問題。長谷川吃著玻璃盤上剩下的義式生牛肉薄片，沒怎麼看我，默默地聆聽。

「咦？為什麼喔……？那是因為，唔……我想要永遠跟他在一起，而且對了，考慮到小孩還有往後的事，結婚不是很自然的選項嗎？我也不年輕了，所以想讓人生好好地定下來，大概就是這樣吧……可以嗎？」

真綾不知為何莫名慌亂，支支吾吾地回答，我也跟長谷川一樣默默聆聽，露出笑容點點頭。換句話說，真綾對長谷川應該還是有愛情，但其實只是為了在人生大富翁遊戲裡確實踩在有利的格子上，做為「自然的選項」而要求結婚罷了吧。絕對是這樣的……就像這樣，我自己也清楚地認識到我就是不由自主地對真綾抱有某種敵意，卻無法好好地克制。喏，真綾一定不是把婚姻當成實現純粹愛情的手段，而是基於想要綁住對方、想要讓自己的人生更符合一般的不正確動機，把婚姻當成實現這些目的的手段，然而卻對世人擺出一副「我們是真心相愛，婚姻只是表現我們的愛情的一種方式！」的樣貌。這——這豈不是跟我對冴子做的事一模一樣嗎？然後長谷川現在正被無力地拉扯、吞噬進去。我一定是無法承受這個事實吧。

「對了，聽說你在共享公寓從事保護社區貓的活動？其實我念書的時候也做過喔，加入過類似志工社團的地方。」

可能是為了改變氣氛，真綾突然明朗地拋出新話題。為了和往後應該會長久往來的丈夫死黨打好關係，她善意地遞出橄欖枝，我卻無法坦然接受。

「這樣啊。可是比起這個，應該還有很多更急迫的社會問題吧？為什麼會特地選了社區貓？」

真綾一定是期待我會做出「真的嗎！貓咪很可愛呢！」之類的反應，聽到我宛如審訊犯人的口吻，有些驚訝，但還是端出禮貌的笑容，拚命思考到底該如何回答才是正確答案。

「呃……也沒什麼大不了的理由，我很喜歡動物，然後比起狗，我更喜歡貓，而且社團的氣氛很也好……」

「幹嘛啦，不要那樣逼人家啦。」

一直默默觀望的長谷川苦笑著伸出援手。搞得好像我在欺負真綾一樣。而且這感覺像是長谷川在我和真綾之間選擇了她，教人心酸。「我又不是那個意思……」我正要表達不滿，長谷川打斷我說：

「我啊，就是喜歡真綾這種直率的地方。你也是，國高中的朋友、慶應湘南藤澤校區那些人，不管做什麼事，都非得搬出正確的道理或動機才甘心不是嗎？可是真綾不一樣。她發現什麼喜歡的事物，總之就是一股腦投入。所以跟她在一起，感覺就好像世界變得開闊了，可以漸漸地變成不一樣的人。喏，最近我迷上的三溫暖和謀殺推理遊戲，也是真綾跟我說才開始玩的。」

這麼說來，我看長谷川的ＩＧ，這幾年他突然跟風玩起許多流行的遊戲，原來就是受到真綾的影響。長谷川一定是為了平息我對真綾沒道理的氣惱，才替她說話，但這反而更讓我怒火中燒。長谷川漸漸地被真綾改變，讓我覺得彷彿我所認識的、與我共度許多時光的長谷川每分每秒、一點一滴地死去了。

「結婚也是這樣。老實說，我完全沒想過自己會結婚，但真綾說她無論如何都想結婚、婚後一定會很快樂，所以我才能換個想法，想說既然真綾這麼說，或許真的就是這樣。雖然認識以前的我的你，或許會覺得不敢置信吧。」

也許是已經被紅酒灌醉，長谷川難得做出感傷的發言，而我只能用含糊的應聲表達肯定。被拋下的人的悲傷——我漸漸地覺察到這種感情的真面目了。濃密的夕陽從面西的窗戶濃稠地流入，讓我有股喉頭被它堵住、無法呼吸的錯覺。但我竭盡所能地和長谷川及真綾一樣，在臉龐掛上微笑，彷彿它就是這個場合的禮服。

「我覺得我這輩子大概都不會結婚了。因為我實在不懂戀愛這種事。」

兩人說要送我去車站，我禮貌地婉拒，在前往清澄白河站孤獨的路程中，想起了長谷川以前說過的這段話。高中的時候，無所事事的我們一群好友有人玩笑說：「要不要去看那種當紅小鮮肉偶像跟雜誌模特兒出身的年輕女演員照稿唸台詞的戀愛電影？」真的跑去池袋的電影院看了那種電影，驕傲地埋怨：「啊！再也沒有比這更浪費錢的事了吧？」然後一起跑去麥當勞，在那裡神氣兮兮地談論：「沉迷戀愛的人，一定是沒有別的事可做的閒人。」

就是在那天，長谷川說了那段話。事實上，國高中時代不用說，上大學以後，他也沒有跟女生交往過。相對地，那個時候應該是回應了他「就是說啊，有空談什麼戀愛，倒不如去寫參考書」的我，一上大學就成了戀愛腦。應該一起分享了大把時間和大把事物的我和長谷川，到底有哪裡、是怎麼不一樣？那是天生的不同嗎？還是……

思緒愈來愈混亂，而且都怪長谷川一直勸酒，害我喝太多了。出了社會的人喝得爛醉返回住處，實在沒法做大學生的榜樣，所以我為了平定心緒，決定在澀谷下車，走一段路回去。才晚上八點多而已。週末夜的道玄坂交通壅塞，過了圓山町一帶就變得通暢，在首都高速公路的高架橋上穿梭的行車聲，就像飛蟲振翅聲般充斥著玉川大道。快到神泉的時候，前方出現熟悉的店。是上次跟長谷川一起去的法國餐廳。

「明年開始，喝酒也成了我的工作之一，所以我也該開始去這類餐廳看看，當成研究。不過我沒有女朋友陪我去這種約會餐廳，所以怎麼樣？你可以跟我一起去嗎？」

剛結束求職活動的大學四年級春天，長谷川第一次邀我來這家店。當時我自己也有可能從事沿線商業設施的開發和營運工作，最重要的是，出社會就在眼前，當時的我們正值想要裝成熟的年紀吧。我倆基於以前一夥臭男生去看戀愛電影的惡作劇動機，這回闖進了坐滿慶祝紀念日情侶檔的法國餐廳。「請問要坐桌位還是吧檯呢？」服務生問，我們相視而笑，當場回答「吧檯」。我們肩挨著肩，但沒有看彼此的臉，吃著蔬菜豐富的健康法式餐點。由於意外美味，我們都愛上了這家餐廳，後來也會定期兩個人一起去吃。

幾年後，在吧檯座坐我旁邊的人成了冴子。我一聽說她跟男友分手，便迫不及待邀她約會，並選擇了那家法國餐廳做為吃飯地點。「我是長谷川的替代品。」這很像知性的冴子會說的玩笑話，但我卻覺得心中不想被觸碰的一塊被刮傷了。被她這麼一說，確實我從來不曾帶交往的女友來這家餐廳。當晚會跟冴子一起來，首先應該是她對我而言，就跟長谷川一樣重要，再者，一定是因為，長谷川在幾個月前突然向我告白「我交了女友」。

「長相不是我的菜，個性跟說話也不是那麼合，可是對方說無論如何都想跟我交往，所以我想說試個一次也不錯。」

長谷川彷彿談論不足為道的人生經驗般，告訴我他和真綾交往的開始。是喔？試試看也不錯吧——我做出不置可否的輕鬆反應，其實內心波濤洶湧。永遠都在那裡、永遠溫暖迎接、擁抱受傷回來的我的長谷川要不見了——這個冰冷的預感化成了現實，但不是因為長谷川交了女友，而是因為我緊接著跟冴子開始交往，不再積極與他聯絡的關係。

「長谷川的替代品」。冴子一定是看透了我們從大學以來的關係本質。我總是沒來由地不安，為了消除那份不安，尋找可以依賴的對象。就算被人說「你就只是個精神不穩定的玻璃心」，我也無法反駁，而我這個精神不穩定的玻璃心，最為依賴的對象就是長谷川。但是包括肉體關係在內，我在戀愛當中發現了更深沉、更複雜糾葛的依附關係，最後和冴子結婚了。

「我只是覺得，我們兩個都不適合婚姻。」

總之冴子到最後都無法適應婚姻這個憋悶的牢籠，留下我一個人離去了。在那半年之前，我在ＩＧ看到長谷川的限動。他在那家法國餐廳，坐在我們老位置的吧檯座，為真綾慶祝生日。我第一次看到長谷川和我以外的人去這家餐廳。

冴子、真綾、長谷川……我隱藏著形形色色混雜在一起、最終變成顏色髒兮兮的感情，默默地經過餐廳玻璃門透出的溫暖橘光。

◇

椎名的社區貓活動順利起步了。她蒐集了這個地區約十隻的社區貓生態，以及照顧貓咪的志工團體活動資訊，逐一注記在交誼廳牆上張貼的地圖。同時，她聯繫了關心這個問題的世田谷區議員，議員隔天馬上就來拜訪交叉點。

「年輕人積極參與社區事務，這真是太棒了！我站在區政府的立場，也會更進一步提供支持。」

久保美津子議員是愛貓人士，自己也養了兩隻貓。她撫摸著沼田抱過來放在她腿上的吉原，如此拍胸脯保證。最後她在房客圍繞下拍了張紀念合照。這張照片當天就配上讚不絕口的文字，上傳到久保美津子議員的臉書和部落格。以此為契機，與她交好的議員，以及在動保方面志同道合的議員紛紛前來交叉點視察、合影留念，心滿意足地打道回府。大人們都渴望與年輕世代交流，透過稱讚年輕人，來宣傳自己能理解年輕人吧。

另一方面，遺憾的是，椎名等人對社區貓問題的努力，似乎尚未做出像樣的成績。雖然邀請鄰近幾個志工團體到交誼廳分享知識，但沒有更進一步的成果了。說起來這也是理所當然，對於這類根深柢固的傳統社會問題，就算一群只是擁有過人意識、但缺少專業知識的年輕人努力幾個月，也不可能輕易得到多大的成果。但奇妙的是，明明處於原地踏步的狀態，幾乎所有房客都表情燦爛，特地前來與他們懇談的議員們也是如此。

唯一的例外就只有椎名。

「老實說，我很焦急。很多人支持我、稱讚我，這讓我很感謝，但總覺得大家是在說『妳只要做年輕人的代表、Z世代的代表就行了』……真對不起，要是能交出確實的成果，或許就不會為這種小事糾結了。」

有一次椎名跑來找我，向我傾吐了這樣的煩惱。也許她正感到不安，覺得身邊的人想要強行把她塞進任意打造的理想形象中。她看起來不像在向我尋求答案，我也覺得隨意敷衍地回答並不太對，所以只對她說「妳願意的話，都可以向我傾吐，千萬不要全部一個人攬在身上」。

「對了。」我叫住正要返回房間的椎名。因為我想起了一直想問的事。

「為什麼妳要對社區貓的問題這麼認真？是有什麼類似改變妳人生的契機嗎？」

在這群學生裡，椎名顯然與眾不同。她不像脇谷那樣，流露出想要表現得像Z世代的心情，也不是為了得到Z世代代表這個光榮的頭銜，我覺得只有她一個人是基於純粹的感情在面對問題。

「契機是嗎？就是……」

某個夏天，我一時興起去了公園，在那裡看到一隻熱得癱軟在地的黑貓。如果是小時候，我一定會想「野貓不像家貓，可以躺在有冷氣的家裡，熱成這樣，好辛苦啊」，然後就算了，但高中生的我不一樣了。我在那隻不是一般浪貓，似乎是社區貓的生物背後，看到了北極……

「……哈哈，這是開玩笑的啦。說起來也沒什麼特別的，我小時候養過貓，從以前就很喜歡貓。這個理由很無聊對吧？要是我也有像篠崎他們那種一聽就明白的理由就好了。」

椎名這段驚天發言讓我一陣驚愕，她看到我這種反應，調皮地笑了：

「我都知道喔，篠崎他們的事，還有北極熊的事。不過那也沒什麼。不管是出於什麼樣的動機，就算是為了校內分數或推薦而編出來的謊言，如果以結果來說，做了正確的事，那總比什麼都不做要來得好多了。自己必須既完美又正確——我覺得大家的這種……強迫觀念嗎？好像都有點太強烈了。看到脇谷，我尤其這麼覺得。」

先前我總覺得椎名就像Z世代價值觀原理主義者，沒想到她的想法竟如此有彈性，讓我吃了一驚。要是這樣說，感覺脇谷又會生氣地說什麼「這種滿口『本質都一樣』的大叔最惹年輕人討厭」，但感覺她的理論不光是年輕人的社區貓活動，一定也適用於各世代所有人所做的「看起來正確的行為」。比方說我的婚姻，它與其說是基於客觀的判斷，或許更接近一種希冀。是自私任性的希冀，希望我們起始於醜陋束縛的婚姻，不會因為它的動機而被視為「一場錯誤」。從社區貓開始的這件事，經過北極熊，與我的過去產生了奇妙的連結。

「對了……」椎名開口，把我從祈禱的世界拉回了現實。

「……你知道沼田先生有沒有交往的對象嗎？」

「咦？怎麼可能有嘛！」

隔天早上在餐廳，沼田一邊攪拌著納豆，一邊露出彷彿在說「問這什麼蠢問題」的表情。就是說嘛，我內心也如此同意。「全世界的菁英都透過豐盛的早餐，補充為一天衝刺的活力」，因此交叉點每天早上都會像這樣供應白飯、味噌湯、吐司及荷包蛋的早餐。

「我相信沼田先生並非只是消極厭世，他一定有什麼想法。他每天就只是坐在交誼廳撫摸吉原，什麼事都不做，一臉滿足地默默看著大學生。就彷彿在向我們揭示新的道路……」

椎名一臉陶醉地述說著沼田的魅力，這番說法奇妙地讓人信服：確實，或許如此。這麼說來，我在學生時代讀過，印象已經模糊了，但帕森斯的社長宇治田的自傳《通宵工作的社長的告白》雖然書名惹人非議，但反過來說，就是「只需要社長一個人通宵工作就好」，亦即「包括社長在內的管理階級，職責就是通宵打造出讓員工不必通宵熬夜，公司也能運作的機制」、「員工反而應該瞞著上司混水摸魚，免得過勞累倒」。如果沼田自傲地宣稱的「我為了避免偷懶被發現，然後又為了保住飯碗，在電梯專案做出驚人的成果，拿到了新人獎」這件事是真的，那麼對宇治田社長而言，沼田這個人形同證明了他所追求的公司已經實現，或許也可以說就是他理想中的年輕人典範。而且，前陣子脇谷叫我看的關於Z世代的解說書上也提到，「與其在努力未必有回報的社會中精疲力竭，倒不如在日常生活當中找到微小的幸福」。這樣一想，那個懶散的愛貓人士沼田，突然一下子儼然Z世代價值觀最忠實的體現者。既然如此，也許他才是最為匹配那位Z世代女王椎名的伴侶。

「沼田，你有跟什麼人交往過的經驗嗎？」我明知這個問題極為失禮，但還是提出來，但沼田完全不以為意。

「哦，目前是沒有啦。而且我也不怎麼想結婚。因為你想想看嘛，為了一時的決定，把自己束縛一輩子，這豈不是太蠢了嗎？不只是貓，人也是很任性的。至少我都不會去期待別人。」

各位可以想像一下，當我聽到這段話——當然詞句有若干不同——但偶然聽到絕不可能忘懷的這段話時，我遭受到的衝擊有多大。「咦？我說了什麼不該說的話嗎？」沼田帶著那副嘻皮笑臉黏膩地問我，但他接下來的話，我半個字都聽不進去了。我侵犯了他的隱私，他當然也有權利這麼做。

「……假設說，吉原從你身邊消失的話，你會怎麼做？」

我犯了用問題回答問題的愚蠢行徑，但沼田卻沒有見獵心喜地指出這一點，反而安靜地沉默下去了。

「你會怎麼做？你會去找牠嗎？還是直接放棄？你會怪牠嗎？還是怪自己？」

沼田依然什麼也沒說。我應該也不期待他回答。從某個意義來說，我是在對自己提問，等待自己的回答。不知怎地，我在夏季平日一個平凡無奇的早餐時段，忽然想去面對我拿心碎當理由而一直逃避的問題。

「我應該什麼都不會做。我不會急著去找牠，隔天也只會坐在一樣的地方。因為，被害者還得去追回加害者，這豈不是虧大了嗎？」

沼田端起放了幾個空碗盤的托盤站起來，留下一句「我得去餵吉原，先走了」，留下我匆匆離開了。被害者。沼田這個誇張的詞彙，在被丟下的我的內心掀起波瀾。

緊接著，沼田就被隔壁人家用水桶潑水了。

「真是嚇死我了。我在中庭幫貓咪們準備食物，隔壁住戶突然大步闖進來，鬼吼鬼叫，朝我的臉潑水呢。」

在眾人擔憂的目光中，沼田用浴巾大力擦拭溼髮，臉上掛著一如往常的嘻皮笑臉，彷彿在講述什麼英勇事蹟，悠哉地描述剛才發生的事。事情似乎並非全是沼田的錯，只是最後引發隔壁住戶激烈反應的人是他而已。另一方面，椎名的表情稱得上悲痛。

「我們在附近進行訪談的過程中，發現隔壁老透天厝的住戶幾乎天天匿名向區公所的負責單位投訴社區貓問題。交叉點的信箱也好幾次收到像黑函的信，我一直擔心可能會有不喜歡社區貓的人攻擊我們……」

「還好啦，這就像早上洗頭嘛。還是以後每天早上都來洗個冷水澡好了？會令人驚訝地精神抖擻喔。」

沼田本人似乎完全不在意，但椎名低落的情緒實在不可能立刻恢復。她沮喪最大的理由，當然是社區貓活動陷入瓶頸，但是因為自己，害她最近有些好感的沼田受到驚嚇，或許也是同等重要的原因。

心情低落的不只有椎名而已。這要是平常，脇谷絕對不會示弱，甚至還會趁機炫耀說什麼「我們Z世代韌性十足，即使遇到這種逆境，也不會失去對社會公益的熱情」，然而不知怎麼回事，他好像比椎名還要洩氣。其他大學生也是一樣，自己的行動或許是錯的——這樣的不安深刻地撼動了把「正確」奉為最高行動原則的他們。

「不管怎麼樣，大家的人身安全最重要。各位搬進交叉點還不到半年，而且脇谷才一年級。除了社區貓以外，應該還有其他可以參與的活動，如果覺得煩惱，就先停下腳步，好好思考一下吧。沼田，你要不要先去沖個澡？」

為了改變沉重的空氣，我明朗地提議說，沼田順從地離開了。我想到可以準備冰麥茶給沖完澡的他。我懶得特地搭電梯去冰箱所在的二樓，決定直接走緊急逃生梯上去。

經過樓梯平台時，我忍不住停下腳步。因為從逃生梯通往二樓走廊的門後傳來說話聲。

「隔壁的一定還會再打電話去區公所抗議。」

「那樣的話，區議員是不是就不會再來了？」

「那怎麼行！國會議員跟報社都還沒來採訪啊！」

「那樣就糟了，虧我們那麼相信椎名，跟她一起搞這些。」

「我們接下來該怎麼辦？」

「啊，真是不安。」

「不正確居然讓人這麼不安。」

「我們可是受害者啊！明明我們想要做正確的事，都怪椎名，把我們帶到不正確的地方了！」

「好想快點做正確的事！要不然實在是不安得快瘋了。」

「有沒有什麼正確的事呢？」

「沒錯，要做正確的事。絕對正確的事……」

「北極熊！」

在門後舉行作戰會議的，一定是篠崎那群人。我本來考慮像抓個人贓俱獲的刑警那樣破門而入，但還在裹足不前的時候，他們已經做出了一定的結論，彼此說著「沒錯，北極熊」、「北極熊真可愛呢」，踩出細微的腳步聲離開了。

◇

隔天開始，交叉點出現了好幾頭北極熊。當然，真正的北極熊不可能跑到池尻大橋的時髦共享公寓。是篠崎他們開始穿著北極熊裝過生活了。

「我們認為應該體驗一下北極熊的感受。」

「沒錯，北極熊的感受。」

「北極熊喜歡寒冷的環境，全球氣溫卻不斷上升，冰層不斷融化。」
「北極熊很痛苦。」
「我們也應該要體驗那種痛苦。」
「所以我們親手縫了北極熊布偶裝。」
「真的很熱，可是北極熊更熱更痛苦。」

他們的布偶裝不是主題樂園那種精緻的造型，只是簡單地用白色毛巾布縫合而成，就像廉價的派對用品。頭套上縫了耳朵和黑色鈕釦的眼睛。他們一回頭，鈕釦也跟著朝著大家散發油亮的光芒。

起初房客們都只是以訝異的眼神遠遠地觀望。但他們每天晚上都聚集在餐廳角落，搬來好幾台不知從哪裡借來的縫紉機，默默地縫製大量布偶裝，說什麼「我們要拿去二手拍賣，把收益捐給非營利組織」，由於社區貓活動停滯而閒閒沒事的幾名大學生便出於好玩開始幫忙。加入北極熊活動的他們，很快地也跟著露出幾乎快高潮的表情說著「好厲害，正確滲透到每一個細胞……」和篠崎他們一樣，開始穿著自己縫製的北極熊布偶裝過生活。篠崎他們的小團體規模逐漸擴大，已經吸納了交叉點近半數的房客。

「簡直太莫名其妙了！就算做那種事，也不可能瞭解北極熊的感受，而且那麼醜的衣服，才不會有人買。再說，我們做社區貓活動，也不是為了追求正確，居然拿正確當理由，跳槽去搞北極熊……」

脇谷似乎還維持著理智，要求身為導師的我處理這個狀況。但我也莫可奈何，為難極了。並沒有規定所有的房客都必須從事同一項活動，而且為北極熊募款的行為確實再正確不過，「活動很可疑」、「椎名很可憐」這些說詞，根本無法構成阻止篠崎他們的理由。實際上，椎名因為是那種個性，雲淡風輕地說：「這樣不是很好嗎？大家各自做喜歡的事情就好，就算只有我一個人，也會繼續投入社區貓活動。」

「現在問這個好像有點慢，脇谷你為什麼要加入社區貓活動？椎名和區議員久保美津子說她們純粹是因為喜歡貓。」

「為什麼喔？被你這麼一問，是為什麼呢……我不能讓努力的椎名孤軍奮鬥，而且吉原確實很可愛。最重要的是，我……」

我的隨口一問，似乎擊中了脇谷內心深遠的洞穴，他似乎得出了一個難以啟齒的結論，卻不願意與我分享。取而代之，從隔天開始，脇谷也穿上了北極熊布偶裝。

「好厲害，真的有種正確滲透到全身的感覺耶……啊，之前我怎麼會去搞什麼根本沒興趣的社區貓活動！沒錯，我本來就對社區貓半點興趣也沒有，只是沒有其他要做、想做的事情罷了！」

脇谷穿著北極熊布偶裝，大力煽動那些尚未加入活動的大學生們，把他們嚇得退避三舍。我只得告誡他：「不好意思，宿舍規章明確禁止『明目張膽的招募活動』。」我的發言似乎反而火上澆油，脇谷用前所未見的激動態度，開始口沫橫飛地嚷嚷：

「你這是在責怪我嗎？我們才是受害者耶！學校教我們『要對身邊的問題抱持興趣，並努力去解決』，但我就是沒辦法打從心底這麼做！怎麼樣？我錯了嗎？出於不良動機的美好行為，是壞的行為嗎？還是有可能轉化成美好的行為？出於空洞的動機展開的北極熊保護活動，應該要立刻停止嗎！」

脇谷因為激動過度，甚至都飆出眼淚來了。一定是北極熊的奇裝異服，讓他終於能夠吐露出這段迫切的肺腑之言。這是無法符合正確年輕人形象的年輕模範生們不可告人、一路獨自承受的痛苦。畢竟不是所有人都能以椎名那樣單純卻堅不可摧的強韌精神來建構自己的人生。

「可是，脇谷你自己不是也質疑那種東西在二手拍賣網賣不掉？」

「賣不賣得掉都無所謂。我在做正確的事，社會卻不肯回應。結果北極熊每天都在挨餓受苦。不對的是社會，我永遠是正確的，這樣就行了。只要我能踩在正確的立場上，管他北極熊怎麼樣，根本就無所謂！」

被迫直面自己醜陋的感情，脇谷陷入錯亂，如此放聲嘶吼。換句話說，他並不是想要對吉原這些社區貓有所奉獻，而是在透過北極熊展現的被害者意識中，找到了安身立命之處。

「看吧，北極熊果然才是正確的！」

「啊，做正確的事真爽快。」

「我們可以永遠活在正確的這一邊！」

「可是，還想變得更正確呢。」

「欸，還有人在搞什麼社區貓活動耶。」

「脇谷是不是沒有認真宣傳？」

「一定是他太懶惰了。」

「對他進行審判吧！」
「沒錯，不正確的人必須受到審判！」
「還有椎名和吉原！」
「沒錯，審判他們！」
「就是因為有他們，才會有人被拉去做不正確的活動。」
「逼他們改過自新，要不然就把他們趕出去！」
「沒錯。」「沒錯。」「沒錯。」「沒錯。」「沒錯。」「沒錯。」「沒錯。」「沒錯。」「沒錯。」「沒錯。」「沒錯。」「沒錯。」「沒錯。」「沒錯。」「沒錯。」「沒錯。」

隔天，他們真的在交誼廳擺上桌子，召開了臨時的人民審判。那是一幕奇妙得可怕的景象。穿著北極熊裝的人一字排開，等待事先召集的脇谷、椎名，以及吉原到場。
「對不起！我不得不承認！我嚴重缺乏對北極熊的愛！」
在一早舉行的審判中，脇谷如此哭喊著，果斷地進行自我批判。他被處以暑假期間逛遍日本各地的動物園，提升對北極熊之愛的刑罰，北極熊軍團的成員們都假惺惺地說：「好羨慕啊！」「我也好想去啊！」但同時不論他們如何等待，椎名和吉原都沒有出現。因為我們昨天就已經想好對策了。

「狀況變得不可收拾呢。這可是首席導師疏於職務招致的結果。」

沼田戴了副像麥克阿瑟的太陽眼鏡遮擋陽光，坐在駕駛座上，用那種嘻皮笑臉責備我，而我完全無法反駁。他說的完全沒錯。所以我決定留在交叉點解決這場風波，並為了預防萬一，讓椎名和吉原離開這裡避難。

「這不是任何人的錯。沒有人能想到居然會發生這種事。我會在那邊待到風頭過去，請隨時告訴我狀況。希望吉原也能趕快適應新環境。」

椎名說她家在山中湖畔有一棟別墅，暑假期間，她會暫時去那裡避難。沼田有駕照，所以我請他送傍晚出發的椎名過去。

椎名一臉不安地坐在租賃車後座，旁邊是裝在小籠子裡的吉原。

「對不起，把你捲進奇怪的事了。我會儘快讓你回來的。」

我這麼對吉原道歉，為了聊表歉意，拿了一堆給吉原的「啾嚕肉泥」給他們，目送載著兩人一貓的車子離去。這天晚上，沼田丟下椎名，一下子就回來了，說「那棟別墅超豪華的。吉原在車子裡也一直很乖，真了不起」，驕傲得彷彿完成了什麼重大任務。

隔天，脇谷他們發現少了一人一貓，驚慌失措，我和沼田在旁聽席偷偷互擊拳頭。沼田和我之間逐漸萌生出奇妙的同袍意識。不知怎地，最近我們莫名投合。雖然不清楚那究竟是什麼，但也許沼田和我，心中某處有著某種相似的東西。

◇

「啊，真的對不起……那時候的我真不曉得是怎麼了。要是我說了什麼冒犯的話，真的很對不起。」

後來過了約一星期，脇谷一個人回到交叉點來了。那場審判由於身為被告的一人一貓未出庭而暫時休庭，然後無法克制對北極熊之愛的篠崎等人說著「我也想看北極熊」、「想要去看日本各地的北極熊，最後去北極」，一起參加了本應是對脇谷的處罰的北極熊之旅。他們穿著那身北極熊布偶裝，渾身大汗，一行人十幾個浩浩蕩蕩地從交叉點出發旅行去了。

「就熊貓啦。我們第一站去了上野的動物園，那裡有熊貓，我就說『熊貓真可愛』，結果北極熊基本教義派的篠崎他們就生氣了，說『明明是北極熊比較可愛』、『你是在嘲弄北極熊的正確嗎？』然後通宵爭論了一整晚，結果還是沒吵出個結論來。不僅如此，還開始有人說『水豚也很可愛』、『羊駝也很可愛啊』，分裂得愈來愈嚴重，最後變成有點鬧內鬨……」

所以一個人擁護熊貓直到最後的脇谷被宣告放逐，無處可去，回到了交叉點。後來北極熊基本教義派把水豚派和羊駝派也放逐出去，將組織的思想純度提升到極致，終於認真打算出發去北極。脇谷一本正經地講述，但這個發展怎麼想都太過荒謬，讓我跟沼田都低著頭拚命憋笑。

「我真是討厭死自己了。我從以前就這樣。我沒辦法像椎名那樣，基於純粹而單純的理由認真去做什麼，可是卻模仿椎名，擺出『我是Z世代的典範』、『我真心希望社區貓得到幸福』的嘴臉從事活動，這一直讓我感到很罪惡。所以我想，既然我只有不良的動機，至少也該做正確的行為，所以加入了篠崎他們，結果這次又開始競爭誰才是正確的。然而我對這件事終究也無法狂熱。我到底該何去何從才好？」

是在這場風波中悟出了什麼嗎？脇谷的表情宛如滄桑的宗教家般平靜，深深地坐在交誼廳的沙發裡，喝著我端給他的冰麥茶，滔滔不絕地回顧自己的過錯。結果他哪裡也去不了。他拋下椎名跑掉，卻被篠崎等人拋下，又回到了椎名身邊，這次卻被她丟下了。要指出並批評他的軟弱和自私或許很簡單，但我不想責怪他。

「總之你能恢復理智，太好了。篠崎他們或許不會回來了，但應該會有幾個人回來吧。嗯，你暫時好好休息吧。」

「不，我得先跟椎名道歉才行……她一定被嚇壞了。她現在在哪裡？」

脇谷拒絕了我的慰勞這麼說，因此我將來龍去脈用LINE傳給椎名。

那麼，要不要帶著脇谷，大家一起來山中湖玩，順便過暑假？

這裡很涼爽，很舒服喔。

結果她提出如此吸引力十足的邀約。八月難耐的酷暑，加上這幾天奇妙又濃密的體驗，讓我身心俱疲。所以我把嘴上埋怨「咦！又要我開車！」，其實正浮躁地期待我何時會開口邀他的沼田一起抓來，三個人在當週的星期五傍晚，出發前往山中湖進行三天兩夜之旅。

小木屋風格的別墅外觀雖然老舊，但聽說屋內在三、四年前重新裝潢過，門口豎著一塊古老的牌子「椎名莊」，一旁規矩地停著一輛掛著租車車牌的銀色迷你廂型車。

「要是被知道我們家有別墅，我又會因為『投對胎罪』被抓上法庭審判，所以要幫我保密喔。」

晚上十點過後，我們從沼田開的車子下來，椎名抱著吉原出來迎接我們，開了這樣的玩笑。平常在交叉點，她都體面地穿著Ralph Lauren襯衫，現在卻穿著應該是高中社團之類的場合穿的運動材質素色T恤配運動褲，十分隨性，讓我有些驚訝。

「我應該是在無意識間太勉強自己了。交叉點裡都是同齡的人，而且每個人都是積極向上、懷抱崇高理想的高意識族群，所以我忍不住想太多，覺得自己也要好好表現、必須帶領大家，結果就過度逞強了。」

可能是已經完全熟稔了，平常只會靠近沼田的吉原坐在椎名的腿上。而椎名坐在似乎是這間別墅特等座的安樂椅上輕輕搖晃著，如此喃喃自語。許多公寓房客每個月都會回去位在東京近郊的自家幾天，但椎名的父母都不在日本，所以她幾乎都待在那間共享公寓，無時無刻不處在房客們的期待——身為新穎正確的Z世代代表，帶領眾人像她一樣得到蛻變這種過分的期待之中——或許已經疲憊不堪了。對她加諸這種期待的代表人物，不是別人，就是脇谷吧。

「椎名，真的對不起。我錯了。看到妳我就很焦慮，覺得自己也得變成一個有價值的人才行……所以我才會抓住Z世代這個簡單明瞭的符號，以為這樣就能成為一號人物、一個正確的存在。」

脇谷神情肅穆地回顧這次的暴動，真心誠意地道歉。「別在意，託你的福，我見證了厲害的場面。」椎名露出在交叉點從來不曾表現出來的、帶著黑色幽默的隨和笑容，接受了脇谷的道歉。這下總算是告一段落了。我們依序洗過澡，喝著前來的路上在超市買的酒和果汁，在客廳聊些無聊的事，盡情享受慵散的週五深夜時光。

「我覺得沼田先生真的太可惜了！你這麼優秀，應該以導師身分多多和房客交流。」

脇谷因為還未成年，所以乖乖喝果汁，卻似乎隨著深夜而情緒亢奮起來了。沼田從櫃子裡發現看起來很昂貴的巴卡拉威士忌酒杯，倒入好像從交叉點帶來的廉價威士忌和冰塊啜飲著，事不關己地回應：

「脇谷，人類不是為了創造價值而生的裝置，也不是為了贏得競爭的機器。我剛才聽你這麼說就覺得，你是不是太過在意別人的目光了？像我這樣早早退出無聊的人生遊戲，在跑道外悠閒地摸摸貓咪，更幸福多了喔。喏，第一步就是當做復健，和吉原交個朋友怎麼樣？」

光從臉色看不出沼田到底喝醉了沒，但他難得變得饒舌，這麼說著，抱起吉原，溫柔地放到盤腿坐在地毯上的脇谷腳邊。不知為何，沼田對歸來之後的脇谷很好。但吉原可能心情不爽，喵了一聲，跑去廚房了。

「唉……我老是這樣，動物不喜歡我，向心儀的女生告白，也從來沒有成功過。」

情緒震盪過度劇烈的脇谷這回似乎想起了戀愛方面的悲傷回憶，陷入憂鬱。說到戀愛，這麼說來……

「沼田，你都沒有喜歡的對象嗎？你上次說你沒有交往的對象。」

我完全不看椎名，假裝自然的對話發展如此問道。正看著吉原走掉方向的沼田沒有把目光轉回我這裡，說：「我是不談戀愛的。被別人的人生牽著鼻子走，這太可怕了。」

「可是沼田先生喜歡吉原對吧？你一定很適合談戀愛的。」椎名主動強勢地插進我的傳球裡。

「才沒這回事呢。跟吉原的關係也是，我不打算再繼續深入了。椎名，妳自己也是吧？妳都跟吉原一起這樣蜜月旅行了，卻不打算收養牠對吧？」

然而沼田說到一半，又對椎名露出他一貫的嘻皮笑臉，冷冷地說。椎名沉默下去。

「被我說中了吧？我完全理解妳的心情。往後妳的人生有著無限的可能性，可能會忙到沒時間照顧吉原，也有可能離開日本。要是把吉原牽扯進來，會讓妳覺得很抱歉，噯，說白一點，牠可能會變成累贅，對吧？不過這不是什麼壞事。因為這證明了妳是認真考慮到吉原的幸福。」

沼田彷彿宣告勝利般，又將廉價威士忌咕嘟嘟往空掉的威士忌杯裡倒。這段期間，椎名似乎拚命思考該如何反駁，並勉強擠出話來：

「……我對吉原的愛是自私的嗎？沒錯，如果能像沼田先生那樣，每天坐在同一個地方，永遠撫摸著吉原就好了，但現實中很難做到不是嗎？確實，我跟沼田先生不一樣，不管是身處的立場、實際做出來的事，都會不斷地改變。我就是這種個性。因為我是那種一旦喜歡上，會在思考之前先做再說的人。所以我想要至少珍惜跟吉原相處的時光，這樣會很自私嗎？」

一成不變的沼田，和不斷改變的椎名。我聽著這兩個互為對比的人，針對吉原與愛進行高尚的哲學辯證，心思卻在想著完全不同的事。那是我所面對的問題，也就是我和冴子，以及我和長谷川之間的關係。

「不管是法律婚還是事實婚，我絕對不可能被一時的決定束縛一輩子。」

對於始於我醜陋的束縛欲望、與冴子之間有勇無謀的婚姻，我真的付出了足夠的努力去維持嗎？既然冴子不會改變，那麼就只能由我來改變，或是根本放棄結婚這個選項嗎？儘管如此，我是否在心中某處期待起冴子會因為某些契機——具體來說，比方說出於她對我的愛情，而自發性地為我改變？除了期待以外，我還做了什麼嗎？

「我覺得我這輩子大概都不會結婚了。因為我實在不懂戀愛那些。」

相對地，為什麼真綾能成功地改變那樣說的長谷川？我跟真綾到底有哪裡不同？為了和即使想要改變、可能也堅持不變的冴子在一起，我應該做的是——我確實感受到，我已經逐步接近這一年來占據並侵蝕我內心的問題核心。

「那，這麼說的沼田先生，沒有收養吉原這個選項嗎？吉原雖然現在跟椎名花心，但本來不是最親近沼田先生的嗎？」這次換脇谷用忽然想到的輕鬆態度試探沼田。結果沼田想都不想便打了回票說「不可能」。

「我之前也說過，貓是很善變的。只要有更好的地方，吉原一定就會立刻琵琶別抱。雖然貓那種任性的率性，甚至讓我羨慕不已。」

「吉原，過來。」沼田害羞地小聲呼喚，但他的聲音虛渺地在吉原所在的廚房暗處融化消失了。沉默。喀啦……沼田杯中的冰塊發出細微的聲響。他的臉上依然掛著那張嘻皮笑臉，我卻覺得深處似乎滋生出某種細微的動搖，讓我接不下話。

不知不覺間已經快三點了。「高原的早晨很舒爽喔！大家要早起，在陽台舉辦美好的早餐會！」椎名留下這話，打著大哈欠回二樓房間了。剩下的我們三人在客廳打地鋪睡了。

原本以為身體會因為持續到深夜的徹底討論而疲憊不堪，沒想到卻在隨意設定的手機鬧鐘響起之前就醒了。明明是八月中旬，室內空氣卻十分涼爽。睡前應該確實拉上的厚重遮光窗簾打開了一半，面對露台的大落地窗外，微弱的蒼白光線小心翼翼地照亮白色床單。我坐了起來，等待身體稍微適應冷空氣後再起身。窗外傳來細微的雨聲。是我們睡著後才開始下的嗎？我小心不吵醒還在睡的脇谷，安靜地走到窗簾稍微打開的地方。

沼田在那裡。寒雨淅瀝之中，他坐在延伸而出的屋簷下的簡易戶外椅上，出神地看著露台外裸露的褐色泥土，以及更遠處的針葉樹森林。吉原不在他的腿上。他一個人就只是看著景色。難不成他是厚臉皮地在等待有誰、最好是所有的人都如同昨晚約定的那樣早起，邀他一起喝咖啡？不，我直覺不是這麼回事。

「像我這樣早早退出無聊的人生遊戲，在跑道外悠閒地摸摸貓咪，更幸福多了喔。」

但吉原不在他的腿上。昨晚椎名把吉原帶去她房間了，而且在這一個星期內，吉原就好像忘了沼田這個人。

「貓是很善變的，就算是吉原，也不曉得哪天會突然不見。」

沼田一動不動地盯著下個不停的雨，我看不見他的表情。不過，如果這副景象就是沼田的人生呢？除了撫摸腿上的貓以外，什麼都不做，不去任何地方，這樣的他，只能目送形形色色的事物從他身邊離去。留在腿上宛如幸福殘渣的溫度，也會在不知不覺間被冰冷的早晨空氣奪走。被拋下的悲傷——世上有拋下別人離去的人，也有被拋下的人，許多時候，我們在人生的不同階段，會同時扮演這樣的加害者及被害者。就如同我在某個時間點為了冴子而拋下長谷川，卻又被冴子拋下，現在又即將被長谷川拋下。

「雖然貓那種任性的率性，甚至讓我羨慕不已。」

即使只剩下一個人，也不肯行動，永遠都是被害者的沼田，其實究竟是在等什麼？是等待孤單一人的寂寞人生盡快結束嗎？還是等待那些離開他身邊的人，回到這樣的他身邊？這些問題想了也不會有答案，但直接問出口也太唐突。

那麼我呢？對於已經離我而去的人，以及彷彿變了個人、即將離我而去的人，我到底希望他們怎麼做？

結果雨沒有停歇，一直到椎名下來，朝氣十足地打招呼說「早安！」，我都無法向沼田攀談。交叉點的大學生及社會人士督導、冴子、還有真綾和長谷川。在東京某處生活的人們還處在盛夏之中，然而我的夏季卻在這個下雨的早晨宣告結束了。

◇

十月初的週末，我在澀谷轉乘山手線前往目黑，接著再搭南北線去到白金台⋯⋯經過重重麻煩的轉乘，汗流浹背地前往八芳園，為的是參加長谷川的婚禮。最高氣溫接近三十度，但我特地為這場婚禮訂做了一套布料厚實的深藍色西裝，心想既然都做了，還是硬著頭皮穿來了。

「天哪，是不是超久沒有全員到齊了？」

簽到桌旁，已交出紅包的研討室同期們聚在一起熱鬧聊天。同期們奇蹟似地全數到場了，不過這也都要歸功於長谷川的好人緣吧。不分學長姊學弟妹，每個人都喜歡長谷川。這樣的他到底會跟什麼樣的女生結婚？每次聚餐時，這都是眾人討論的焦點。

「⋯⋯有種終於落入女方掌心的感覺呢。」

有人鼓起勇氣小聲這麼說，眾人都尷尬地默默點頭，接著與其他共犯交換視線，然後低俗的笑聲這才無聲無息地蔓延開來。也就是說，長谷川從慶應湘南藤澤校區的名門研究室畢業，在日本飲料廠商龍頭上班，而真綾畢業的女子大學，就像是為了將女生送進各所知名大學校際社團而存在的殖民地，然後她又在父親開的不曉得營業額多少、連聽都沒聽過的中小企業幫忙，其實每個人心裡都在想，真綾根本配不上長谷川。

「幹嘛那樣高高在上地對人家品頭論足啊？只要見到本人就知道了，真綾是個很棒的女生的。」

冴子明明是最後一個來的，卻敏感地察覺了這陰險的氣氛，如此插話說。眾人瞬間露出嚇到的表情，但立刻假惺惺地擠出笑容說「冴子好久不見」，隱藏心思。每個人跟冴子說話的時候都不看我，相反地，跟我說話的時候，就不看冴子。聰明的各位同學不需要事先套招，似乎就已經找到了應對我們的最佳解方。

「我也想邀請冴子。」

長谷川打電話給我，語氣不是討論，而是在告知已決定的事項。

「嗯，可以啊。你本來就跟冴子滿好的。」

我佯裝平靜，或者說很自然地這麼回應。我反而更不希望長谷川因為顧慮到我而不邀請冴子。那樣會讓我覺得不管是我的婚姻還是離婚，都是錯誤的決定。

「……不只是這樣。」長谷川停頓了一拍說。起初我不明白這拍停頓是什麼意思，但很快就得知了這是某種告白。

「是真綾想要邀請冴子。她好像偷偷跟冴子交換了聯絡方式，找她討論了很多事。我也是前陣子才知道的。」

從長谷川的電話得知這件事時，我坦率地表露情緒：「居然有這種事？」因為我覺得就算向天生不適合婚姻的冴子請益失敗的婚姻生活，也不會有任何幫助，所以對真綾那毫無效率的努力感到驚訝。

「就是說啊，我也很納悶，真綾到底在認真什麼。不過，總之幸好你沒有反對。你們分桌坐比較好吧？」

「不用，沒關係。我反而比較討厭周圍的人對我們小心翼翼。只是也要問一下冴子的意願。」

這樣的對話之後，座位表上的我和冴子不僅坐在同桌，還大剌剌地被分配坐一起。

「真綾問我座位的事，我說『完全不用考慮我！乾脆坐一起也沒關係！』，沒想到真的變成這樣！」

碰巧穿著和我一樣深藍色的禮服的冴子在鄰座喝著香檳，深深感慨地說。其中沒有古怪的溼度或黏膩，就像是純粹為了真綾果斷的決定而鼓掌喝采。我覺得好久沒聽到她完全不去討好別人的低沉嗓音了。她的容貌和最後一次見到的那個週六下午完全一樣，我偷瞄了一下，左手無名指上沒有戒指。「你在擔心什麼啦？」她察覺我的目光，豪邁地哈哈大笑。

「聽說真綾會找妳討論很多問題？」我刺探地問冴子。

「對啊，我們剛離婚的時候，臉書就收到她的訊息，然後我們加了LINE好友。真綾真的是個好女孩。長谷川真是幸福，能被那麼好的女孩愛得死心塌地。」

冴子說，真綾對長谷川的愛，到了旁人看到都會被閃瞎的程度。當然，我想那份愛包括了不少對於條件完美的結婚對象的執著，不過冴子說真綾是打從心底不可自拔地受到長谷川的為人所吸引。

「真綾說，她想要用病態的束縛這樣的理由跟長谷川結婚。說她無法忍受別人去碰長谷川，想要盡快讓他變成只屬於自己的人。她好像是想要問我，如果因為這種理由結婚，是不是果然無法長久？確實跟某人很像呢。」

也就是長谷川把我們這對前夫妻結婚的奇異經過告訴了真綾，想知道她對於結局的看法，沒想到卻陰錯陽差揭露了真綾的真心，讓她大受動搖。

「也就是我的失敗為真綾派上用場了嗎？感覺我們的離婚也有了意義呢。」

我說著讓周圍的人捏把冷汗的玩笑話，冴子又近乎粗魯地大聲笑起來，接著感慨萬千地喃喃說「真的！」。

「所以要是有人敢批評真綾一句，我會徹底嚴正抗議！長谷川可能沒跟你說過，但他也是很愛真綾的。我覺得是真綾那種別人都看不下去的拚命，改變了長谷川。」

冴子小聲說道，朝著前方新郎新娘主桌高舉香檳杯，一口氣乾掉。可能是注意到了，明明長谷川的上司正在致詞，真綾卻低頭偷笑。

「拚命啊……」我小聲喃喃。「我覺得自己也拚命愛到難看的程度了，但為什麼真綾成功了，我卻失敗了？」

我接著這麼說，冴子看著真綾那裡，用只有我聽得見的小聲說：

「沒辦法啊。我們兩個都是無法改變的人。」

我就此沉默了。

我一直視而不見的答案就在那裡。

「我應該什麼都不會做。我不會急著去找牠，隔天也只會坐在一樣的地方。因為，被害者還得去追回加害者，這豈不是虧大了嗎？」

沼田那番大言不慚的話，一定也就是我的心聲吧。迎合他人而得到的愛，價值不如以自我本色獲得的愛。抱持這種狡猾想法的我，不肯為冴子做出改變。明知道這樣下去，我們的婚姻終將走向破滅，我卻為了我自己，選擇了做我自己。我放棄了去面對她。我的拚命，反倒是用在固執不變、以及繼續扮演被害者上面。

無法改變的冴子離去了，而無法改變的我就繼續佇立原地，怨恨地看著離去的她。我們就只能眼睜睜地看著這段從一開始就過於勉強的婚姻，理所當然地走向破滅。

我對長谷川也是一樣的吧。我一直對他施展著與對冴子相同的技倆。我從他身上盡情汲取友誼，明知道他開始改變了，卻依然只能站在原地看著。然後再用「被拋下的人的悲傷」這種被害者意識來安慰自己。明明從真正的意義來說，離開長谷川的人是我才對。

真綾應該不同吧。她的心中應該存有和我相同種類的醜陋欲望，並認識到自己無法改變這種欲望，儘管就快被罪惡感壓垮，但依然決心為了和心愛的長谷川共度人生，而去改變長谷川。她這種極度自我中心的行為，是應該被譴責的嗎？

「往後我該何去何從才好？」

這時我忽然想起，脇谷在從山中湖返回交叉點的車上，說了和從荒唐的北極熊之旅回來那天一模一樣的話。被拋下的悲傷，以及對自己的失望，讓我們裹足不前。

「哪裡都不用去吧？我之前也說過，脇谷你過度執著要當個有價值的人了。在找到該做的事，或該做的事自己找上門之前，暫時就悠哉過日子吧。」

星期日傍晚，沼田握著方向盤，在被困在高速公路車陣裡龜速前進的車中，用比起導師更像哲學家的姿態說道。但脇谷似乎無法認同他的教誨。

「可是，有可能就這樣找不到該做的事，一事無成地死掉啊。沼田先生，你能忍受這樣的恐懼嗎？」

沼田對著正面，語氣平穩地當下回道：

「所以才需要吉原啊。雖然不知道牠什麼時候會走掉，不過就悠哉地摸摸貓咪，逃避現實就好了。這樣一來，一定就能永遠等下去。」

沼田的解決方案實在太沒勁了，但脇谷似乎兀自莫名信服：「確實書上有說，Z世代很重視星座占卜、香氛蠟燭這些近在身邊、可以輕鬆持續下去的幸福……」

獨自一人坐在雨中露台的沼田的背影。沼田一定是真心打算照他說的那樣過下去吧。他病態地害怕善變的某人，或是被世界本身所擺布，攪亂心靈。儘管如此，他卻又深愛與他人或世界連結，無法拋棄這樣的連結，厚著臉皮跟來避暑旅行，或是彷彿瞭解脇谷所受到的傷痛和治療方式，對沮喪的他給予教導。

即便世代不同，我們也都承受著相同的傷痛。這樣的傷痛或許有可能成為共通點，產生出類似超越世代的連結。至少當時的沼田，看起來比我更像個導師。

「……這麼說來，吉原的名字由來，那個沼田先生的朋友，到底是個怎樣的人？你說過他是個很厚臉皮的人。」

脇谷提問，說他從以前就很好奇。沼田盯著彷彿無限延伸的前方車陣，只應了句「是啊」，接著沉默了好幾秒。

「他真的超級厚臉皮。他相信自己值得所有的人愛他，厚臉皮地索求他人的感情，卻又丟下所有的人跑掉了。」

「是喔?」脇谷似懂非懂地應聲,滑起手機來了。車子裡只有吉原在籠子裡發出的「噗嚕嚕」奇妙鼾聲,其他人可能是因為疲勞或睡意而沉默著。不知為何,我覺得那個吉原就是把沼田變成這樣的始作俑者,也是他一直在盼望的某人。

就和某次家庭派對一樣,婚禮莊嚴地進行著。換裝前,新郎新娘到各桌敬酒,和眾人合影留念,感謝賓客出席。約十五分鐘後,一襲白色燕尾服的長谷川和白色婚紗的真綾來到研討室同期的桌位敬酒了。「哇!真綾超美的!」「嫁給長谷川是不是太可惜啦?」同期們說著和剛才完全相反的話,我覺得很受不了,但目不轉睛地看著新郎新娘。長谷川可能注意到我的目光,也回看了我。

我有種彷彿全世界只剩下我倆的錯覺。但我熟悉的長谷川已經不在了。站在那裡的男人已被徹底改造,只有外表依舊,但內在已不再是長谷川了。真綾站在他的旁邊。她就是改造長谷川的人。為了讓無法改變的自己得到幸福,她在長谷川的同意下,將他徹底改頭換面了。

她微笑的對象是冴子。知道她的微笑真正意義的，只有冴子自己吧。冴子會離開我的身邊，永遠讓自己幸福下去吧。還有我。我無法像長谷川那樣改變、無法像真綾那樣改變他人、也無法像冴子那樣高潔，獨自站在空無一人的十字路口。這個世界一定有許多曾經有人往來交會的十字路口吧。有椎名、篠崎和脇谷的十字路口。有沼田、吉原，以及我不認識的另一個吉原所在的十字路口。也許人生就是不斷地經過一個又一個路口，拋下某些人，不斷地往前奔跑的過程。

「謝謝你今天來參加。以後你也要繼續當我的死黨，陪伴我們啊！」

長谷川把右手搭在我的肩上，定定地看著我的眼睛，溫柔地這麼說。我也定定地回視他的眼睛。宛如永恆的兩秒之後，長谷川轉身向下一張桌位展現新的笑容。我依然佇立原地。只有我的視線，宛如一條怎麼也斷不了的線，依依不捨地纏繞在他的背上。

第四章
令和五年

二〇二三年，我加入了「杉乃湯未來思考會」。

杉乃湯是一家位於高圓寺的老字號澡堂，但最近它開始舉辦DJ活動、與生活風格品牌合作販售原創T恤等等，在對文化潮流敏感的年輕人之間，逐漸受到矚目。

「杉乃湯在一九三三年由我的曾祖父乃木友保創業，今年即將迎接創業九十週年。在東京，每星期就有一家澡堂倒閉，情勢艱難，但為了讓歷史悠久的這家杉乃湯順利迎接創業一百週年，並且能延續到兩百、三百週年，請各位務必貢獻年輕人的力量。」

星期六早晨，營業前的浴場擺上塑膠椅，舉辦了「思考會」成立大會。約十名年輕人眼睛閃閃發亮，聆聽杉乃湯第四代老闆乃木寬人致詞。這個「思考會」是志工團體，召集了二十多歲的創作者和工程師等等，推動振興杉乃湯的活動企畫及經營電商網站。

我在去年春季從明治大學畢業，進入總公司在千駄谷的公關公司，發揮天生的機靈，得心應手地處理被指派的工作，才出社會第二年，就已經閒得發慌了。雖然我並不是特別喜歡澡堂，但公司同期真鍋邀我說「這應該會是個不錯的經驗」，因此我決定加入「思考會」。

三十四歲的寬人從成蹊大學附屬小學一路直升到畢業，在幾家新創公司任職後，兩年前以少東身分加入了杉乃湯。一開始似乎是以傳統模式經營澡堂，但約半年前毅然決然執行了許多新的改革及挑戰，成功吸引了新的客人。聽到這樣的經歷，會覺得寬人是個年輕的改革旗手，但他完全是歷史悠久的家族企業正統繼承人。聽說杉乃湯占地頗為寬廣的土地也是乃木家自己的產業，寬人眼角溫和下垂的福氣面相，以及總是溫文儒雅的口吻，在在都透露出良好的家世。

「那麼，我來說明思考會具體的活動內容。在思考會，我們打算擴大原本由寬人和我兩個人進行的活動，並成立先前未能著手的自媒體及實習生計畫等等……」

是杉乃湯的員工嗎？站在寬人旁邊的男子突然插話，俐落地說明往後的活動頻率、聯絡方式等等。男子穿著純白色亞麻開襟襯衫，有條有理的俐落口吻令人印象深刻。看寬人在一旁雙手抱胸、滿臉放心的表情，也許他是寬人全面信賴的參謀角色。

「啊，抱歉，還沒有自我介紹。敝姓沼田，去年底開始加入杉乃湯。請多多指教。」

只見男子笨拙地用力眨動雙眼，下一秒粗魯地取下軟式隱形眼鏡。「抱歉，還戴不習慣。」他以平靜的語氣說完，便不再發言，以布滿血絲的眼睛定定地看著在指頭上捲起來的鏡片……然而這整個過程，他的臉上都掛著爽朗得有點過頭的笑容。

「啊！今天也泡得好爽！我去過許多澡堂，但還是杉乃湯最舒服。為什麼呢？果然是因為客層的關係嗎？」

◇

隔天是星期日，我和真鍋中午過後就去杉乃湯幫忙市集活動，決定在參加慶功宴前先泡個澡。真鍋就像個典型的「對文化潮流敏感的年輕人」，從老街中華餐館、自然酒，到城市流行樂、Y2K時尚，只要是具有文化氣息的事物，他都會逐一涉獵。去年他應該還是個狂熱的三溫暖愛好者，但在三溫暖熱潮不再只屬於早期用戶後，似乎便拋棄了它，改為投入澡堂的懷抱。「你住在高圓寺，居然不知道杉乃湯！人生簡直損失了一半！」像這樣把杉乃湯介紹給我的也是真鍋。

杉乃湯位在從高圓寺站北口徒步約七分鐘的清幽住宅區中。東京都內也有不少澡堂建在大樓或公寓一樓，但杉乃湯卻是一棟採用神宮建築工法的木造平房，讓人聯想到神社寺院。漆成白色的高聳天花板上，裝設著排出蒸氣的天窗。陽光從窗戶射入，照亮擦拭得晶亮的地板和牆上的白色磁磚，自水面升起的水蒸氣粒子朦朧地發亮。

如此美麗的澡堂，今天也幾乎客滿。客層是對比鮮明的兩群：應該就住在附近的老人家，以及真鍋這種基於趕潮流心態，特地從外地過來的年輕人。最近有許多澡堂擠滿了來使用三溫暖的年輕人，但杉乃湯沒有三溫暖。浴池也只有招牌牛奶浴池（不是真的倒牛奶進去，而是放了混合凡士林和礦物油的入浴劑，讓池水變成牛奶般的乳白色），和溫度較低的溫水池及冷水池。不過穩重的高齡浴客安靜享受泡澡的氛圍無可取代，我每星期都會來這裡泡個兩、三次澡。最近因為年輕浴客增加，變得有些吵鬧，我好幾次在休息區看到老浴客彼此埋怨：「以前安靜多了。」

雖然沒有說出口，但我認為真鍋會提議加入「思考會」，一定是因為我們都懷有某種不安。聰明的我們出社會才第二年，就拋棄了「我們的未來有無限可能」這種青澀的想法，相當正確地逐漸理解到自己的人生剩餘的可能性總量。我畢業於明治大學，真鍋則是立教大學，兩人都沒考上第一志願的廣告代理商，而是進了備胎的現在的公關公司。社會新鮮人第一年，只要兩人一起喝酒，自然就會聊到跳槽的話題，但第二波應屆畢業生能進的公司沒什麼好選擇，而且在目前的公司努力打拚能得到的年收、能留下的貢獻，看看前輩們，心裡大概也都有底了。但話說回來，我們明明應該是時下流行的Z世代當事人，對社會卻沒有憤怒，也沒有投入社會運動的衝勁。

我們十分不安。至少直到大學以前都過得還不賴的人生，即將因為求職失敗而每況愈下，這讓我們不安極了。所以才會加入「思考會」吧。透過這裡的活動，在澡堂行銷這個小眾市場上活躍，登上廣告業界雜誌，或是由於某些機緣或貴人相助，像寬人這樣踏上經營澡堂之路——總之，我們正在四處尋覓一個可能性，好推翻我們僅基於理性推論得到的未來藍圖，實現符合我們應有的可能性的未來。

「喔！兩位不是『思考會』的人嗎！來，我請兩位喝精釀啤酒。」

泡完澡後，我們正和顧櫃檯的寬人站著聊天，剛好唐澤先生穿過男湯的布簾走了出來。我和真鍋接受他的好意，一起行禮說：「多謝請客！」在高圓寺土生土長、今年六十七歲的唐澤先生人很隨和，我剛開始來杉乃湯時，他就常在休息區向我攀談：「噢！上次也遇到你呢。」他總是穿著過去的連續劇裡木村拓哉穿的那種有些復古的美式休閒服，已經頗為稀疏的頭髮染成了褐色，可能是為了遮掩白髮。他今天也不例外，穿著有點刷破的牛仔褲和黑色T恤，外面罩一件粉紅色和紫色的格紋襯衫。

「看到澡堂賣精釀啤酒，不僅不生氣，還幾乎天天惠顧的，大概就只有唐澤先生了。像平常那樣用樂天Pay結帳嗎？」

寬人先生問，唐澤先生應了聲「對」，以熟練的動作將最新款的iPhone放到結帳機上。一道清亮的「嗶」聲之後，唐澤先生將冰涼的啤酒罐遞給我們。包裝設計五彩繽紛的這種精釀啤酒，一罐要價七百圓。據說是青梅的老字號酒廠的新商品，寬人先生在某個讀書會還是交流會上認識了那間酒廠的第八代，在對方推銷下進了貨。可惜的是，好像幾乎沒有銷路。

「阿寬真是了不起啊。多虧有這個電子支付，我可以不用帶錢包就過來。顧櫃檯的老太婆員工說要學的東西太多，挑三揀四地反對，但你還是想辦法引進了，對吧？說什麼傳統產業、老字號，拒絕改變的話，就沒有未來了。你就別管不曉得還有幾年可活的老人，儘管放手挑戰新事物吧！這也是為了把杉乃湯傳到第五代手上啊。」

唐澤先生拉開拉環，熱情地這麼說道。在常客之中，他似乎也是數一數二的改革派，就像對此引以為傲一般，左手叉腰，大口暢飲精釀啤酒。寬人先生對這樣的唐澤先生苦笑說：「您設想得也太早了。」

第五代。寬人先生有個大學時就結婚的同齡妻子，但還沒有孩子。第三代的文子女士（也就是寬人先生的母親）還生龍活虎地在第一線工作，寬人先生也沒有「小孩出生後，悟出不可能在新創企業追求升遷、工作到深夜，同時又兼顧育兒」這種簡單明瞭的理由，說到他返回老家接棒的理由，我在某篇訪談上讀到，是因為：「朋友說繼承家業，而且還是澡堂，不是讓人感動死了嗎？」總之，寬人先生在杉乃湯後方蓋了一棟二代同堂住宅，與父母、妻子同住，在距離自家徒步十五秒的杉乃湯展開了他的人生第二春。

不過，我從來沒看過寬人先生忙碌工作的樣子。他總是中午過後來到後面的員工休息室，對一下前天的帳，處理一些簡單的行政工作，說著「今天晚上要跟地方創生製作人聚餐」，開心地出門。剛才唐澤先生稱讚的電子支付，還有寬人先生在各處訪談擺出「全是我一手打造」的態度談論的杉乃湯各項改革，到底是誰去執行實現的？

「對了，寬人先生，我們兩個想要加入自媒體的team。我們在公關公司的工作，是協助client企業提升brand價值，一定能把那些skill和knowledge運用在writing的field上。我還打算競選總編！」

可能是高酒精度數的精釀啤酒讓真鍋壯了膽，他夾雜了一堆英文，神氣兮兮地向寬人先生報告。

「真的嗎，不錯耶！說到自媒體，以前有個知名的創意總監建議我，我也一直想做，有人贊同，真讓人開心。我從來沒聽過澡堂的自媒體，這一定會成為日本首創的有趣嘗試。」

聽到寬人先生溫柔的激勵，我們更加滿懷期待了。後來在例行會議中決定了小組團隊，包括我和真鍋在內，有四人加入了自媒體小組。經過討論和猜拳，真鍋順利成為總編，他意氣風發地說：「大家齊心協力，打造出成為傳說的自媒體吧！」

◇

從這天開始，思考會的活動正式起跑。除了每星期六上午固定舉行的全體會議之外，各小組會適時自主討論。我們自媒體小組在真鍋總編的指揮下，以腦力激盪為名義，在高圓寺各地的居酒屋聚餐、各自根據會中提出的點子寫成文章提案並分享，活躍地進行各種活動。

「真的可以由我來打頭陣嗎？我向沼田提案成立自媒體，也不是為了宣傳我們的品牌，而是想要一個全面振興澡堂產業的公共媒體。」

五月初一個晴朗的週末，在成為採訪現場的營業前的浴場，寬人先生穿著衣領上留白印刷著「昭和八年創業　高圓寺杉乃湯」字樣的日式短外套，靦腆地笑著這麼說。真鍋一手拿著筆記，摩拳擦掌，彷彿說出招牌台詞般，用裝模作樣的口吻反駁說：

「當然，我不會把它包裝成吹捧自家的文章。我非常中意寬人先生為這份自媒體取的名字『澡堂的未來』。我們要蒐集澡堂周邊人們的聲音，像是澡堂老闆、澡堂作家，以及不分男女老少的澡堂常客，從這些累積當中，摸索出澡堂的未來——如何？以媒體而言，這是再完美不過的情節了吧？」

真鍋那得意到不行的表情讓我差點笑出來，但確實就像他說的，我覺得這樣的敘事很完美。寬人先生似乎也有同感，滿意地說：「很不錯嘛！真有趣，就這麼做吧。」

真鍋：那麼，在此重新請教……應該有些讀者是第一次知道寬人先生，請您自我介紹一下。

寬人：我是乃木寬人，是在高圓寺經營了九十年的老字號澡堂「杉乃湯」的第四代。最近我都自稱是CSO。

真鍋：什麼是CSO？

寬人：是Chief Storytelling Officer的縮寫。這是從跟我很好的組織顧問那裡聽來的概念，我不太清楚它原本的意思，但我把它解釋為是向大家傳遞杉乃湯——不，傳遞澡堂的本質價值的角色。

真鍋：那麼，寬人先生認為的「澡堂的本質價值」究竟是什麼呢？

寬人：澡堂是非常平等，也就是非常中立的地方對吧？不論地位高低或強弱，只要進入澡堂，每個人都只是赤裸裸的浴客。暫時拋開過去的經驗和社會地位等等，就只是浸泡在潔淨舒適的熱水中，不滑手機，不思考過去未來，得到一段放空腦袋的時光。說得極端一點，我認為只要有澡堂，甚至可以讓戰爭從這個世上消失。

真鍋：戰爭……？

寬人：是的，不管內心懷抱的對立、憎恨再怎麼強烈，只要一起進入澡堂，悠閒地共度泡澡時光，在浴池裡漫無邊際地閒聊，就會覺得相互爭鬥實在是很愚蠢的事。我是真心如此相信。所以每當被問到我想要透過杉乃湯達成什麼目標，我都會認真地回答「世界和平」。只是沒有任何媒體把這句話寫進報導裡（笑）。

真鍋勉強訪談到這裡，但似乎還是被寬人先生過度跳躍的邏輯發展給甩了下來，求助似地朝我送上不安的眼神。但我也不知道能怎麼收拾這個局面。浴場被尷尬的沉默所籠罩。

「……寬人先生，這個。」

這時，沼田先生遞出一張A4紙。他直到上一刻都站在浴場入口，交抱著手臂默默看著採訪，但似乎看不下去這詭異的氣氛，伸出援手了。我看向寬人先生拿到的影印紙，上面密密麻麻地印著真鍋預先準備的問題清單，以及寬人先生應該要回答的內容。

「啊，沼田，每次都麻煩你了。因為是自己人的採訪，所以我沒準備，但我果然不會說話呢。真不配當個CSO。」

應該是真心在反省，寬人先生表情抱歉地搔了搔頭，又加了句「每次都謝謝你」。沼田先生則是帶著他平時爽朗的笑容，向寬人先生微微點頭。多虧了那張小抄，採訪一下子變得順暢許多。

「可是沼田先生真的好厲害呢。從市場行銷到現場的營運改善，什麼都難不倒他！在帕森斯拿過新人獎的人就是不一樣。杉乃湯這半年展開了許多新嘗試，一下子多了這麼多年輕新客人，也都是沼田先生的功勞吧？」

約一個小時後，採訪結束，除了說要跟妻子出門的寬人先生以外，所有的成員都一起去站前的沖繩餐館慶功。真鍋好像已經成了沼田先生的粉絲了。他近乎誇張地讚不絕口，沼田先生帶著他爽朗的笑容，謙虛地說：

「請別這樣，我都難為情起來了。實際操作的雖然是我，但都是因為有寬人先生正確地提出並決定想要做什麼，我也才能帶來變化。我反而很感謝寬人先生。多虧了寬人先生，我才能成為理想中的自己。」

關於沼田先生加入杉乃湯的經過，真鍋在成立集會當天的聚餐上問過本人。沼田先生只說：「去年秋天左右，職場環境出現了一些變化。結果我一下子就崩潰，脆弱得連自己都嚇到了。」他維持著一如往常的爽朗笑容，平靜地這麼說，真鍋似乎也不禁啞然無語，無法再繼續追問下去。只是，先撇開原因，總之沼田先生好像在去年十一月辭掉帕森斯人資顧問公司的工作，必須搬出原本居住的共享公寓。後來他搬到高圓寺邊郊一處沒有浴室的公寓，展開了全心為杉乃湯和寬人先生奉獻的日子。

市集活動招商、架設電商網站、預約DJ活動、販售精釀啤酒、導入電子支付等，都是身為CSO的寬人先生靈機一動，隨口說「好像很有趣」，提出構想，再由沼田先生逐一採用，化為具體。思考會成立後也是，若是有哪些業務沒有進展，他就會主動攬下來，像個拚命三郎一樣工作。我們經營的自媒體，也是沼田先生完美地安排好一切，說：「我多方比較過成本和自由度等等，覺得note網站的法人方案似乎是最好的。寬人先生也同意了，所以由我這邊來處理申請手續。」

然而在這樣的忙碌之中，沼田先生看起來卻一點都不累，臉上反而總是笑容不絕。

他的笑容，甚至有種人工的氣氛。

有幾次，我在那張笑容深處感受到危險的陰影。比方說，之前發生過這樣的事。某個星期六午後，我和真鍋在休息區享用泡完澡後的精釀啤酒，忽然有個像饒舌歌手的人上門拜訪。

「寬人在嗎？我今天跟他有約，是他叫我來的。」

男子戴著古馳漁夫帽，底下露出燙過的長髮，脖子上掛了條黃金粗鍊。應該和我年紀相仿的男子以不客氣的平輩語氣問著，讓櫃檯阿姨不知所措，所以我和真鍋對望一眼，站了起來。先是真鍋刺探性地怯怯出聲：

「不好意思，請問您是哪位？寬人先生他呃，跟網紅經紀公司的人去吃午餐，還沒有回來。」

「蛤？那小子搞什麼啊？他叫我下午一點來，我才大老遠從青梅過來耶！叫一個可以代表他的人出來啦。」

對方好像不是什麼饒舌歌手，而是寬人先生進貨精釀啤酒的青梅酒廠的少東。口氣雖然很粗魯，但他出示的ＬＩＮＥ聊天室畫面顯示，寬人先生確實跟他約了要談進貨啤酒的事。當然，寬人先生完全沒有聯絡他，讓這位像饒舌歌手的人理直氣壯地怒氣沖沖。我們為了找到能應付他的人，跑進員工休息室。

「咦，你們怎麼啦？慌成這樣。」

真是天助我也，沼田先生正在休息室打開電腦工作。真鍋抓住沼田先生的肩膀，大喊：「總之請到櫃檯來一下！」沼田先生的話，肯定能輕易化解這場危局——我們都如此確信，完全放下心來。

「……蛤？你說什麼？」

「所以說，我沒有任何權限。我無法給你任何承諾。不好意思，請您等到寬人先生回來，或是明天再來好嗎？」

結果變成一場鬼打牆。不論饒舌歌手如何逼問，沼田先生就只是像個壞掉的玩具，不斷地重複「我無法做決定」。饒舌歌手大罵：「你是腦袋有病啊！」氣到傻眼，揚長而去。

「好厲害！沼田先生的高等戰術贏得了勝利。你裝成沒有決定權的人，漂亮地擊退了那個饒舌歌手呢。」

真鍋興奮地這麼說，但不知怎地，與饒舌歌手的對決造成的負荷似乎比想像中的大，沼田先生的笑容抽搐著，又像個壞掉的玩具般小聲地不斷重複：「對不起，不是這樣的。對不起……」這詭異的狀況讓我和真鍋都不知所措，不曉得該如何處理，只能看著沼田先生這副模樣。

隔週，我在下班後一個人去了杉乃湯。我匆匆洗完頭和身體，混在先到的高齡浴客間泡湯。這時，沼田先生從脫衣處走了過來。他好像沒發現我，面無表情地坐到洗澡區的椅子，開始洗頭。我不經意地看著，結果沼田先生用水壓微弱的蓮蓬頭沖掉洗髮精後，突然對鏡展露笑容，就彷彿在練習他一貫的「笑容」——我覺得好像看到了不該看的東西，為了避免被發現，從他視線死角的洗澡區另一邊逃到了脫衣處。

「結果我一下子就崩潰，脆弱得連自己都嚇到了。」

沼田先生的聲音在耳邊響起。

他究竟是因為什麼樣的理由、如何崩潰，結果導致他的心變成了什麼形狀？現在的沼田先生近乎病態地奉獻，將他太過優秀的能力全部拿去照顧那個所謂的ＣＳＯ，在這之前的他，到底是什麼模樣呢？

「多虧了寬人先生，我才能成為理想中的自己。」

還有，沼田先生甚至不惜將對鏡練習出來的虛假笑容貼在臉上，也想要在與寬人先生的關係當中實現的「理想中的自己」，到底是怎樣的自己？寬人先生與沼田先生。兩人的關係乍看之下非常美好，深處卻似乎隱藏著某種扭曲，讓我無可自拔地深感好奇。

◇

「江戶川區現在超夯！」真鍋以興奮的語氣對我說。

「說什麼東東京，吹捧清澄白河的咖啡廳和藏前的皮革小物商店，都已經過時了。真正的潮流在荒川另一邊。那裡也有值得一去的澡堂，應該也可以成為自媒體的題材。要不要一起去看看？」

死黨都如此自信十足地慫恿了，我沒有理由不跟他一起跨過荒川。我在星期六中午搭上直通東西線的總武線，花了四十分鐘前往西葛西站。

這天的行程，真鍋說是「抵達之後才開箱的驚喜」，沒有事先告訴我，不過下午一點在西葛西站和真鍋會合後，他首先帶我去的不是澡堂，而是海邊一座巨大的高爾夫球練習場。

「我一直很想來這裡。這裡是東京都內最大的一家高球場，開放感十足，很多人在這裡上傳照片到ＩＧ。來，幫我錄個影片。」

真鍋把手機遞給我，以外行人也覺得不太高明的揮桿動作，用力把球打到右邊去。他好像下個月要第一次上場打球，不過看這水準，不曉得會打出多難看的分數。

「可是，你怎麼會突然打起高爾夫球來？我以為高爾夫球是大叔的運動。」

「這叫復古潮流啦，復、古、潮、流。真正好的東西，繞了一圈之後又會再流行回來。喏，像大眾中華料理店、城市流行樂那些不也是嗎？精釀啤酒也是，說穿了好像就是泡沫經濟時期流行的在地啤酒捲土重來。」

真鍋應該是相信過去被視為正確的事物，具有普遍的價值。也許其中潛藏著一種怠惰，與其自力找出價值尚不確定的事物，撿拾過去已被驗證為正確的事物更要輕鬆多了——我忍不住興起如此惡意的揣測。

「不過上次寬人先生的訪談真是莫名其妙呢，什麼世界和平啦！好像很多澡堂業者都在說，自從寬人先生加入以後，杉乃湯就整個走樣了，那次採訪之後，我好像明白為什麼了。都是因為有人把CSO的異想天開全部信以為真，完美地一一實現。說來可憐，寬人先生那種狀態，簡直就是沒穿衣服的國王。杉乃湯的魅力在於隨時都會翹辮子的老頭子老太婆安安靜靜泡湯的chill感，不必搞什麼市集、DJ活動來譁眾取寵，以傳統澡堂的樣貌堂堂正正決勝負就好了嘛！」

確實，真鍋說的或許沒錯。對某某總監、某某製作人的話言聽計從的寬人先生，以及完全不質疑是否妥當，百分百照寬人先生指示去做的沼田先生。在這對無論好壞都是天作之合的搭檔聯手下，杉乃湯逐漸失去了過往的樣貌。

「文子，妳也差不多該好好罵一下阿寬了吧？我不懂什麼精釀啤酒，但那種玩意兒只有唐澤先生會買，而且根本是在玷污杉乃湯的歷史吧？」

「就是說嘛！唐澤先生老是穿那種根本不適合他的美式休閒風，大概是喜歡裝年輕，但又不是每個人都像他那樣。反正都來日無多了，拜託在我們還有一口氣的時候，讓杉乃湯維持原本的樣子吧！」

我好幾次看到老常客們對著在櫃檯托腮的文子女士陳情。每次文子女士都只是滿臉厭煩地說：「好了啦，澡堂的事我都已經交給寬人了啦。」

看來老人之間也漸漸出現了小小的對立。而我們年輕人之間，也逐漸產生了相同的對立。

「杉乃湯就是沒有三溫暖，那種沉穩的氣氛才特別。」

「我認為往後也應該繼續珍惜這種扎根於當地老字號錢湯的優質社群。」

「對啊，二〇一〇年代危言聳聽說什麼『不改變才是最大的風險』，興起鼓吹改變的風潮，但往後的時代，不變的事物才更有價值吧。」

思考會剛成立的時候，受到寬人先生的影響，眾人都想嘗試新事物，但是在各自深入思考澡堂樣貌的過程中，開始有人提出「還是該珍惜傳統澡堂價值」。其中的急先鋒就是真鍋。

「澡堂終究還是一種文化，所以一味迎合年輕人和媒體是不行的。希望寬人先生好好地意識到自己是歷史悠久的澡堂的第四代傳人。對了，我們等一下要去的喜樂湯，是『湯狂老人卍』在部落格讚不絕口的超古典派澡堂，你一定會感動的。」

「湯狂老人卍」是真鍋很崇拜的一個知名澡堂部落客。特色是文章裡不必要地穿插許多黃色笑話，文體幾乎就像風月場所的心得報告，在部分澡堂愛好人士之間擁有狂熱的人氣。長相和年齡都未公開，但從他自稱「小生」，並提過「興趣是吃立食蕎麥麵店和參加AV女優簽名會」，可以輕易推測是個難搞的老人。

從高爾夫球練習場徒步約十五分鐘，便抵達了喜樂湯。喜樂湯是和杉乃湯同時期創業的老字號澡堂，一樣沒有三溫暖，賣點是據說富含各種有機物質的天然溫泉「黑湯」。「咦，好濃的黑湯啊。大田區那一帶的澡堂有很多這種湯，沒想到這裡也有這種溫泉。『湯狂老人卍』果然值得信賴。能充分滿足感官包覆全身的柔軟湯質很棒，當地老人們安靜泡湯、宛如修行的模樣也是……澡堂果然還是應該要像這樣，是個禁欲、古典的場所。」

真鍋用雙手舀起透明度不到十公分的漆黑熱水，發出感嘆。確實，浴場裡泡湯的全是老人。每個人都閉目垂首，比起修行，更像在接受某種刑罰。其中感覺不到一絲生氣。

沒有窗戶的陰暗浴室裡，可能是清掃不確實，地板黏黏滑滑的，洗澡區的排水口也積著一些白色塑膠袋碎屑，可能是拋棄式牙刷的包裝袋。仔細一看，黑湯的水面也漂浮著像是頭髮和頭皮屑的雜質。我忽然覺得自己浸泡在骯髒到不行的水裡，有股想立刻離開的衝動。轉頭看看真鍋，有別於方才的讚嘆，此刻他的表情也非常微妙，我們決定趕快洗完離開。

臨去之前，我們向櫃檯看起來很閒的男性工作人員攀談：「不好意思，我們是高圓寺杉乃湯的人。」對方年紀應該和寬人先生差不多，但由於體型微胖、毛孔粗大、頭髮稀疏，看起來比寬人先生蒼老許多。

「喔，杉乃湯啊。杉乃湯最近好像在搞些有的沒的花樣呢。澡堂反正賺不了錢，就別再難看地掙扎，像我們這樣拆掉改建公寓就好了嘛。」

自稱宮木的喜樂湯第四代老闆愉快地吃吃笑著，輕描淡寫地說出驚人的事實。

「咦？喜樂湯要關了嗎？」

「是啊。我那個腎臟出問題住院的老爸一直囉唆，但我已經跟業者談好了，等他一走就賣掉這裡。所以這家澡堂頂多就再撐個一、兩年吧。到時候我就可以坐收房租，天天上酒店了！很羨慕吧？」

宮木先生歡快的語氣讓真鍋張口結舌，但還是勉強擠出反駁說：「可是……這家澡堂完全就是澡堂文化遺產啊！太可惜了！」結果宮木先生的臉色突然不爽了：「什麼文化，關我什麼事啊？喏，餐廳那些也是，一聽到要店要收了，就有一堆平常根本不會來消費的人蜂擁而至，說什麼：『我好喜歡這家店耶，太可惜了！』局外人總是不負責任的啦。這是我們的營生，外頭的人少在那裡指手畫腳！」

宮木先生突然快大發雷霆，所以我們趁著他還沒發作，匆匆撤退了。

因為還不到下午五點，真鍋說「總覺得就這樣回去，心情實在不爽快」，決定繼續去泡喜樂湯附近的「花田湯」。

花田湯這家澡堂算得上與喜樂湯完全相反吧。自從原本做服飾業的年輕第三代接手後，就透過群眾募資籌到資金，與設計時尚咖啡廳等商家的年輕建築師合作，讓擁有七十年歷史的澡堂徹底改頭換面。如果寬人先生和沼田先生往後也繼續改革杉乃湯，最後或許也會變成像花田湯這樣。當然，「湯狂老人卍」給花田湯的評價是最差的等級。穿過清水混凝土風格的入口，櫃檯旁邊並排著多個精釀啤酒的啤酒頭，裡面甚至有配備專業器材的ＤＪ台。真鍋興奮地說「週末夜好像都會舉辦街區派對」，但他自己也不是很清楚街區派對是什麼玩意兒。在照明極度昏暗的浴湯中，浴槽底部設置的綠色和粉紅色燈光搖曳流轉，就像品味極差的夜店。可能是因為引進了明顯是針對年輕三溫暖族群的設備，像是可以進行芬蘭浴的獨家三溫暖，以及冰涼的冷水池，加上各處擺放的躺椅，客群全是大學生和看起來像年輕上班族的人。「哎呀！不來這裡整治身心的人，最好直接退出三溫暖圈！」這樣的感想還好，但聽到他們哈哈大笑說「我被交友軟體認識的女人傳染性病啊！」，教人反感。一名可憐的高齡浴客可能以為這裡是傳統澡堂而不慎誤入，怨恨地瞥了那些年輕人一眼，灰頭土臉地離去了。

「總覺得搞不懂怎麼做才是對的了。以前我覺得有形形色色的澡堂比較好，就算澡堂倒閉了，也只是想『去別家就好了』，但實地看到澡堂經營的內幕，就很難再這麼想了呢。就算像喜樂湯那樣維持傳統形式，客人也只會愈來愈少，但是像花田湯那樣轉型為迎合年輕人，或許是能倖存下去，但是站在維繫澡堂文化的角度來看，實在不曉得是不是對的。寬人先生會那樣偏離正途，也是像這樣歷經煩惱之後的結果嗎？」

我們帶著到了花田湯以後反而加劇的茫然，喝著超商買來的罐裝啤酒，開始泡澡後的散步。時間是晚上七點多，天色幾乎都黑了。我們漫無目的地不斷往西邊走，不知不覺間，已經走過橫跨荒川的橋。梅雨季前依然舒爽的風撫過我們散發肥皂香的皮膚。

「那是豐洲嗎？喏，那團光。塔樓公寓的城市裡也有澡堂嗎？」

我沒理會依舊滿心沮喪走在前方的真鍋，指著河川對面，悠哉地說。「豐洲啊……」真鍋喃喃道，突然轉向我。

「對了，我聽說豐洲二號店的事了。你知道嗎？」

「知道……？什麼二號店？」

「當然是杉乃湯啊。澡堂迷之間都在傳，說杉乃湯要在最近開幕、以家庭為客群的大型商場開二號店。」

◇

和去年一樣，今年梅雨季也沒什麼雨，但這天難得一早就下著毛毛細雨。我久違地一個人過週末。真鍋為了客戶的活動必須到場，假日也得上班，雖然也有大學朋友找我吃飯，但我覺得偶爾悠閒地度過週末也不錯。於是我將住處大掃除一番，看看書，但下午四點就無事可做，結果特地撐著傘，又和平常一樣來到了杉乃湯。

「噢！真難得，今天沒跟真鍋一起？」

好像剛洗完頭的寬人先生在洗澡區向我攀談。沼田先生也在旁邊。寬人先生說，「今天我有事跟沼田一起出去，說好回來泡個澡。」我也迅速洗好頭和身體，加入兩人先進去泡的牛奶浴池。看看浮在水面上的幾張臉，今天的杉乃湯，客群一樣明確地分成老人和年輕人兩群。寬人先生大力推廣的精釀啤酒不受銀髮族常客喜愛，但週末特地從下北澤和學藝大學等時尚地區前來的年輕人似乎很喜歡，聽說銷路不錯。

「對了，聽說西葛西的喜樂湯最近就要歇業了。聽說要蓋公寓。」我觀察寬人先生的臉色說。

「好像是呢。老闆宮木先生之前說過，最近很難吸引到新客人，營業額也不斷下滑。那裡是一家很棒的澡堂說。」

寬人先生以真心惋惜的口氣說。幸好個性真誠的他似乎沒發現我的企圖。沼田先生臉上掛著那張爽朗的笑容，沒有說話，因此我決定向寬人先生提出我這幾天一直想問的問題：

「寬人先生真的也覺得杉乃湯必須改變嗎？常客和思考會的成員裡面，好像也有人認為傳統的澡堂比較好、維持不變是有價值的。」

對寬人先生來說，這個話題肯定令人不開心，但我確信他應該不會閃爍其詞。寬人先生一定不會對這個問題撒謊。因為我們現在所在的地方，是連戰爭都能消除的、極為平等中立、宛如魔法的地方。

「這個問題真難呢。」寬人先生露出有些苦惱的樣子。這證明他在認真面對我的問題吧。沼田先生依然一臉笑吟吟，對著無人之處微笑。短暫的沉默之後，寬人先生開口了。好，這下終於要揭開寬人先生各種胡亂嘗試的歷史真相了——應該會是這樣的。

「坦白說，我還不清楚到底該怎麼做。所以，總之我就去參加各種讀書會和派對，拓展人脈，把大家提供給我的建議都拿來試一試，大概是這種感覺吧。別人一定會說『那小子迷失方向了』，結果還真的這樣呢。對了！我反過來問你，你覺得往後杉乃湯應該怎麼做？我想參考一下，請告訴我你的想法吧！」

我感到渾身逐漸失去力氣。寬人先生眼睛閃閃發亮，他一定是真心想要從我這裡得到新鮮的建議吧。原本沉默的沼田先生看不下去我難掩失望的樣子，臉上貼著那副笑容，就像先前那樣替寬人先生解圍：

「你聽到寬人先生的回答，是不是這樣想？這個人太不認真了，根本沒在思考，就只會聽從別人的意見，隨波逐流，把後果都歸咎給別人，來保護自己的心。」

沼田先生突然吐出犀利得可怕的言詞，把我嚇了一跳，目不轉睛地看著他。我以為寬人先生多少也受到了打擊，但他臉上依然掛著平常那副泰然自若的笑容。沼田先生語重心長，慢慢地繼續說下去：

「不是那樣的。寬人先生一直備受呵護，很幸運地從來沒有經歷過太大的挫折，是個溫柔的人。他怎麼樣都無法決定什麼才是正確答案、該以誰為優先、要拋下什麼人。所以他說的話總是很溫柔，但想實現的都是困難重重的事。設法讓它們實現，就是我的工作，也是我的生存意義。」

沼田先生的目光並未看著任何人。看起來也像是在對著別人，或是對著他自己說話，而不是我。

「而且我覺得『不要改變』這樣的要求，實在太不負責任了。大學時我有個朋友，做的是利用年輕人賺錢的事業，但最後壞事好像敗露了，現在不曉得在哪裡做什麼，也聯絡不上他。如果有人阻止他、改變他，或許就不會是那樣的結局了……」

沼田先生的話聽起來像個人的回憶，並未直接回答我的問題，卻帶有奇妙的說服力，我放棄繼續提出問題。我們選擇了就這樣三個人肩並肩，默默地泡在熱水中。

沼田先生完全理解寬人先生那種漫無計畫的天性，並且陪伴他。或許就是因為寬人先生是這種個性，沼田先生才會鎖定他做為對象，奉獻自己「崩潰」之後的人生。沼田先生會變成這樣，原因潛藏在他的過去當中嗎？但直到最後，我還是無法問出來。

泡完澡，出去外頭時，雨已經停了。天色微陰，但烏雲後方的太陽似乎尚未西沉，杉乃湯前面的巷弄朦朧地亮著。雨水打溼的巷弄兩旁，家家戶戶傳出形形色色的細微聲響，像是模糊的電視機聲、油炸的劈啪滋滋聲，或是講電話的其中一方話聲，顯示出看不見的人們確實在這裡過著生活。

我忽然疑惑：他們究竟是懷著什麼樣的心情在過日子？年輕的我們，為了一間澡堂，無止境地煩惱、困惑、四處奔忙。我們總有一天，也能擺脫這甚至看似沒有終點的迷惘循環，安心過日子嗎？如果這樣的迷失就是年輕，那麼我們何時能拋棄它，或是失去它？接下來的日子，真的就是純粹的祥和平靜嗎？不知不覺間，我停下了腳步。然而一動念要往前走，雙腳便以令人驚訝的順暢感動了起來，這讓我感到奇妙的安心，開始踏上歸途。

◇

◎入口聚著一群年輕小姐，嘰嘰喳喳地賣菜。這好像叫做市集。這裡可是神聖的澡堂啊！可不是讓婦孺和樂融融地賣菜的隨便地方。小生的胯下早就有條又長又大的茄子了……

◎泡完澡就想來點冰涼的。咕嘟咕嘟！大口灌下掛滿水珠溼滑發亮的罐內液體，小生嗆咳不止。這、這什麼鬼玩意兒！這好像叫做精釀啤酒。就只是苦而已，根本不是人喝的東西。男子漢就該二話不說來罐札幌啤酒！

剛進入七月時，「湯狂老人卍」的部落格在網路上爆紅了。他鎖定的目標不是別的，就是杉乃湯。「湯狂老人卍」平常主要都在江戶川區和墨田區活動，但可能是聽到寬人先生改革路線的傳聞，千里迢迢遠道來訪高圓寺的樣子。熱愛傳統澡堂的他肯定無法忍受杉乃湯變成如此時尚的澡堂。他的文章一如既往，以要求公開討論的呼籲作結：「請務必給小生一個機會，和杉乃湯的各位共同討論澡堂的未來。」這好像是他的慣用伎倆，像這樣徹底擊垮他看不慣的澡堂。

◎支持。最近很少去澡堂了，澡堂還是以前那種樣子才好。

◎這跟近來的社會情勢也有共通之處吧？我已經受夠什麼數位轉型，根本就是無情拋下老人的風潮了。今後會是去成長化的時代，所有的人都應該要一樣窮。

起初我以為很多人是覺得他獨特的文體很有趣，但從留言來看，似乎不只是這樣而已。「湯狂老人卍」的部落格，揭露出有不少人不希望澡堂有所改變的事實。

另一方面，寬人先生似乎還沒有注意到外界的這些看法。

「精釀啤酒浴池這個點子如何？上次我跟那個青梅酒廠的第八代喝到早上，他說可以提供預定要報廢的試作品啤酒，還有製造過程中產生的大麥和啤酒花殘渣。我想趁這個機會，讓精釀啤酒變得更平易近人，並成為高齡浴客固定在泡澡後想來一杯的飲料。」

在例行會議上，寬人先生興高采烈地提出這個方案，卻和唐澤先生某次隨口提到的靈感一模一樣。直接挪用別人的點子到這個程度，甚至讓人都想拍手叫好了。大多數的會員都在內心尷尬地心想「又來了」，其中也有人露骨地表達不解。要是看到精釀啤酒浴池這個奇招，常客的反應一定也是半斤八兩。

寬人先生雖然這副德行，但似乎掌握了那個部落格引發的騷動。

「那篇部落格文章我也看到了。我當然很生氣，但他的想法，也有不少讓人共鳴之處吧。多虧了他，我有種被點醒的感覺。邀請湯狂老人卍過來，和常客以及大家一起聊聊如何？把討論的情況寫成報導，向世人提問：澡堂的未來究竟應該是什麼樣貌？」

提出這種風險十足的提案，寬人先生究竟是什麼打算？我實在摸不透他的真心。寬人先生性情溫和，所以應該也不是想要在眾人面前把那個可恨的匿名澡堂部落客痛扁一頓吧。正好相反，他會不會是真心希望從那個品行低俗的部落客身上獲得建議？

「文子女士放任寬人先生胡搞，或許也是當成讓他負責豐洲二號店的訓練。喏，如果文子女士在一號店抱著虧損，維護傳統澡堂，然後寬人先生在二號店從年輕人身上撈錢的話，就可以用二號店的營收維護一號店和澡堂文化了。薑不愧是老的辣！還可以順便擺脫寬人先生這個麻煩精。」

餐桌對面的真鍋對我說著，發出聲響嚼食異樣粗大的烏龍麵。我們為了在傍晚開始的例會前先果腹，來到真鍋常去的高圓寺站南口的武藏野烏龍麵店。身為愛知人的我第一次吃到，聽說武藏野烏龍麵是東京西部的名產，特色是Q彈有嚼勁。

「可是，現在的乃木家有辦法同時經營兩家澡堂嗎？喂！以前我們不是在部落格看過，說澡堂的初期投資金額非常驚人嗎？」

聽到我的指責，真鍋「唔……」地低吟，繼續沉思。忘了是哪一次，我們在醉後的興奮驅使下，討論：「要活用在杉乃湯的經驗，將來一起開澡堂！」做為計畫的第一步，我們用手機上網搜尋，結果看到了同一篇網路文章。那篇文章的標題是「連猴子都會的澡堂創業入門」，詳細列出必要的手續和費用等等。如果講究設備，像是三溫暖和冷水池的冷卻機等等，花費似乎就會毫無上限，文章結尾說：「現在這種時代，只有傻瓜才會想要去做這種根本不賺錢的生意。不過，就是有這些可愛的傻瓜，這個國家的澡堂文化才能延續到今天。花田湯、杉乃湯這些得意洋洋宣稱什麼高意識系澡堂的年輕澡堂老闆，應該要好好感謝，並且反省。※關於杉乃湯可悲的近況，請參考這篇文章。」

這篇貼心附上批評杉乃湯連結的文章，作者不是別人，就是「湯狂老人卍」。他好像不只是單純的澡堂迷，還具備專家等級的知識。事實上，聽說他從幾年前就開始經營一個線上沙龍「湯狂老人卍的澡堂哲學堂」，聚集了澡堂老闆和澡堂寫手等專業人士。

「哎，可以向銀行貸款之類的，有很多方法吧？最近也有新聞說有某家信用合作社無息貸款給老字號澡堂，讓他們翻新。」

真鍋說完，大口吸進沾了醬汁的烏龍麵。他很熱衷於蒐集豐洲二號店的情報。真鍋之所以擁抱懷舊主義，說穿了好像只是因為「感覺比追逐流行更有品味」，所以假設豐洲二號店引發話題，令他認為在那裡工作值得驕傲，一定又會立刻改變態度。不過我自己也是一樣。不像寬人先生和沼田先生，我們終究是外人。我們參與「思考會」的活動，只不過是因為這有利於在本行的公關公司調到創意部門，或是可以當成跳槽的籌碼。

「咦！這麼粗？沒有像涼麵線那種比較好入口的細麵嗎？這種的我吞不下去啦。」一對剛進店的老夫妻看到我們正在吃又粗又韌的大團烏龍麵，錯愕地說。會開這種武藏野烏龍麵專門店的老闆，當然是有特殊堅持又難搞的人。年約三十五、應該和寬人先生差不多年紀的老闆重新綁緊頭上的毛巾，凶狠地瞪向說出此話的老夫妻：

「客人，門口在那裡，慢走不送。武藏野烏龍麵就是要硬，而且愈硬愈好。不好意思，這裡不是招待你們這種老人家的店。我理想中的烏龍麵，就是老人家吃一口就會噎死的麵！」

老闆強硬的逐客令，讓在廚房探頭探腦的工讀生、似乎早已熟悉這種場面的常客各自發出訕笑般的冷漠笑聲。可憐的老夫妻成了全店嘲笑的對象，不發一語，蜷著背灰頭土臉地離開了。

「真令人不舒服。年紀大了，或許真是沒半點好事。能吃的東西愈來愈少，朋友和存款、能做的事、能去的地方也愈來愈少。如果活得愈久就愈痛苦，我也許寧可早點死了算了。」

先結完帳在外面等的真鍋，看著我喀啦啦關上的拉門裡面，感慨萬千地這麼說。

接著我們依照預定去了杉乃湯，發現櫃檯氣氛凝重。文子女士在櫃檯裡托著腮幫子，唐澤先生和寬人先生圍著她，正小聲說著什麼。

「啊，你們知道一個叫吉見的阿嬤嗎？七十多歲的老阿嬤。不管是在商店街看到還是什麼都好。」

唐澤先生焦急地問我們。

「吉見阿嬤？誰啊？吉見是姓還是名？」

「唉，連這都不曉得。是常來這裡的阿嬤。說是常來，也是大概半年前才第一次來。打工的女生問她叫什麼，她好像回說叫『吉見』。這個吉見阿嬤這一個月左右突然都不見人影。」

寬人先生說，吉見阿嬤開始來杉乃湯，是因為看診的醫生建議她去澡堂泡澡。除此之外，所有的人都對她一無所知。她的本名、跟什麼人住在哪裡、建議她去澡堂泡澡的醫生是哪一科的，全都不清楚。

「如果不是本來就認識，客人通常就算會跟櫃檯聊天，也不會跟其他客人聊天嘛。說什麼老街人情味，其實還不是這麼疏離。吉見阿嬤一個月前跟我買了三本十張的泡澡券，那時候她從郵局的信封袋裡掏出好幾張皺巴巴的千圓鈔票。如果只是突然搬進安養院之類的原因就好了。」

總是開朗的文子女士似乎難得沮喪。唐澤先生可能是想改變氣氛，低聲喃喃：「希望她不是在家裡變成了黑湯……」然而這番黑色幽默卻讓氣氛變得更加沉默、凝滯了。

我想起了喜樂湯黏稠的黑色液體。

◇

「不好意思，占用了開店前忙碌的時間。」

看到在約定時間五分鐘前現身的男子，在玄關前等候的杉乃湯相關人員全都難掩驚訝。如同猜測，「湯狂老人卍」年約六旬，但外表光鮮亮麗，充滿清潔感。他穿著布料厚實的大尺寸黑色T恤，底下是深灰色五分褲，腳上踩著黑色厚底老爹鞋，一身時髦老先生穿扮。兩側剃短的漆黑頭髮及光澤飽滿的皮膚，散發出十足的「現役」感。

「欸，不覺得很像唐澤先生的升級版嗎？我本來還以為會來個穿長袖POLO衫、頭戴鴨舌帽，一副隨時要進棺材的糟老頭哩。」

真鍋興奮地附耳對我說，我想所有的人想法應該都一樣。唐澤先生雖然佯裝面無表情，但緊緊地交抱著手臂、淩厲地瞪著男子，他肯定才是最受震撼的那一個。畢竟每天都在批判杉乃湯又有了新變化的「老害」，居然是個比自己還年輕的人。唐澤先生今天也走美式休閒風格，深信這才是時下最流行的年輕人穿搭，努力裝年輕。這時，我想起了在武藏野烏龍麵店驚慌失措、狼狽萬分的那對老夫妻。

「首先，請讓我為冒昧批評杉乃湯致歉。因為那個部落格的作者，人設是『興趣是逛立食蕎麥麵店和參加AV女優簽名會』的惡趣味大叔……寬人先生的訪談報導我都拜讀了，在澡堂產業環境日益嚴峻的現今，我也理解需要新的嘗試。只是，即使如此，我依然希望傳統澡堂文化的美好風氣能傳承到未來。由於杉乃湯潛力非凡，所以更不禁覺得可惜。今天我以一介澡堂愛好者的身分前來，希望能和各位實務人士交流意見，討論今後的澡堂以及澡堂文化應有的樣貌。」

他的嗓音沉穩有磁性，宛如廣播節目主持人。「湯狂老人卍」——也就是關根先生，不疾不徐地環顧聚集在營業前浴場的約十五人。聽他闡述的澡堂論，以及作為根據列舉的澡堂實例，他似乎是真心深愛著澡堂，也實際頻繁走訪各地澡堂消費。寬人先生好像也立刻感受到他的熱情，這位穿著杉乃湯日式短外套的年輕第四代傳人時而深深點頭，神情嚴肅地聆聽著。

「啊，我真是打從心底大受感動。雖然澡堂老闆之間也會交流，但是能像這樣以顧客的角度吐露真心話的人，實在不多……無論是改變或是不改變，終究沒有一個正確答案，在這樣的情況下，我應該做出怎樣的決定？今天請關根先生務必多多分享您寶貴的意見。」

相對地，唐澤先生神情依舊陰沉。不論是「湯狂老人卍」意外地極為正派，或是寬人先生逐漸為關根先生傾倒，肯定都讓他很不是滋味。

「聽你在那邊講，就只會說得一副很懂的樣子。在這種每星期都有澡堂倒閉的時代，哪有閒情逸致談什麼文化？對你這種局外人來說，或許是文化吧，但是對阿寬來說，這可是充滿了阿公和母親的回憶、是為了養活一家人的重要家業啊！為了保護這個家業，就算被周圍的人在背後批評『難看』，阿寬還是不顧一切努力打拚，他的覺悟有多沉重，你怎麼可能會懂！」

唐澤先生口沫橫飛，幾乎是吼叫著插了進來。我第一次看到總是開朗隨和的他如此氣急敗壞、面紅耳赤。可是，關根先生可能很熟悉這種討論會了，他四兩撥千金地反駁唐澤先生氣急敗壞的主張說：

「嗳，請冷靜點。我偶爾會遇到你這種改革派的老人。他們每一個都說『澡堂必須改變才能存活』。他們都穿著不適合的美式休閒風格，把頭髮染成褐色，勉強自己喝著根本不喜歡的精釀啤酒。你覺得這是為什麼？」

關根先生維持著紳士態度和溫和的微笑，挑釁地窺看唐澤先生的目光，就像在說「我知道你的弱點」。

「是因為害怕，對吧？是把日漸衰敗的澡堂跟自己重疊在一起了，對吧？害怕自己無法改變，就只能站在原地，眼睜睜看著各種人事物從自己的人生逐一脫離，所以才會勉強——」

關根先生話還沒說完，唐澤先生突然一腳踢開屁股下的塑膠椅，猛地站了起來，粗魯地抓住關根先生的雙肩，將他的上半身推進應該要在今天的營業時間首次亮相的精釀啤酒浴池，用力壓下去。

「咕啵咕啵咕啵咕啵！」

關根先生在水中發出的叫聲，伴隨著氣泡破裂的聲響，在浴場裡沉悶地迴響著。事發突然，眾人瞬間都凍結了似地動彈不得。最先成功動起來的寬人先生喊著：「抓住他！」總算是架住了唐澤先生。我們也連忙站起來。然而不必等到我們這些援軍，寬人先生已經輕鬆拽倒了之前神氣地宣稱「我每天都在Anytime Fitness重訓」的唐澤先生。關根先生獨自慢吞吞地從水裡站了起來。「精釀啤酒味好濃……」雖然有些嗆咳，但幸好似乎人沒事。肩膀重重地撞在堅硬的磁磚地上、呻吟不止的唐澤先生可能傷得更重。

「怎麼會這樣……對不起、真是對不起……」

說當然也是當然，寬人先生完全拋下唐澤先生不顧，趕到站在精釀啤酒浴池旁邊的關根先生旁，不停地鞠躬道歉。這一幕讓唐澤先生大受打擊，蹲在地上，關根先生滿臉得意地笑著，居高臨下地看著他。

「真可悲啊。老人就是這樣才可憐。這豈不是無謂的反抗嗎？反正很快就會死掉、失去一切了。就算努力想要改變，看吧，還不是像那樣一絆就倒，難看地落魄下去。你很快也會被這裡列入黑名單吧。」

自尊心被徹底擊垮，唐澤先生似乎連反抗的力氣都沒有了。他就像一具屍體，整個人趴倒在地上。這時，我又想起了卡在排水口的白色塑膠袋碎屑和濃稠的黑湯。

「關根先生，請別再說了。暴力行為當然不可姑息，但唐澤先生是我們重要的常客。不會否定我的挑戰、願意支持我的顧客，就只有唐澤先生一個人而已。他這樣哪有什麼不對呢？我認為狼狽地掙扎，努力讓終點近在眼前的人生充滿可能性，並不是什麼可恥的事。」

寬人先生用擠出來般的細聲替唐澤先生辯護，就彷彿那是對他最後的慈悲。然而氣勢正旺的關根先生卻頂著近乎醜陋的賊笑，一腳踹開寬人先生的這番話：

「不，這就是可恥的事。人生終點就在眼前，卻難看地掙扎……你這是杉乃湯在自我介紹嗎？現在的杉乃湯，所有的一切都是半吊子。想要尊重老客人，也想要爭取新的年輕客群，結果就是眼前這副模樣。你知道你們的真鍋先生偷偷參加了我的付費線上沙龍嗎？你會被老人放棄、被年輕人看穿，至少先決定一下要站在哪一邊吧？是要像喜樂湯那樣美麗地滅亡，還是像花田湯那樣難看地苟延殘喘？寬人先生，這全是你的責任。因為你不做任何決定，杉乃湯只好難看地死去，就像這個趴在地上的老貨一樣。」

這時，我忽然瞥見了沼田先生的身影。為了應付激烈的爭論，沼田先生準備了厚厚一疊問答集，忠誠地守在寬人先生旁邊，宛如等待輸入指令的機器人般，就只是掛著平時的笑容杵在那裡。在眾多驚慌失措的年輕人圍繞下，卻只有他一個人一動也不動，看起來就宛如某種異質的——至少絕對不是年輕人的——存在。

◇

一進入八月，高圓寺的街道便為了月底的阿波舞祭而有些浮躁起來。然而相對照地，杉乃湯卻充斥著苦悶的氣氛。自從那件事以後，寬人先生在員工休息室和櫃檯，總是一副若有所思的神情。真鍋見狀，發表自己的看法說：「他一定是在想豐洲二號店的事。」

「受到關根先生那件事刺激，寬人先生終於開始思考二號店要怎麼辦了吧？希望以此為契機，全部恢復成傳統澡堂！實際上，寬人先生的風評很糟喔。因為他只是把在人脈聚會上聽來的資訊、人家推銷的商品，一股腦全往杉乃湯裡塞而已，根本沒有什麼哲學或信念嘛。不加以勸阻的沼田先生也是同罪。如果他們打算在二號店胡搞，真希望他們兩個可以一起離開高圓寺。」

如今真鍋再也不掩飾自己的反改革路線，在洗澡區堂而皇之地大聲說道。老人們彷彿沒聽到真鍋的聲音，像石像般默默不動地泡在牛奶浴池裡。

「真鍋，我還以為你不會再來杉乃湯，也不會參加思考會的活動了。那樣或許我就可以榮升二代總編了說。」我努力明朗地說道。寬人先生最近似乎飽受眾人公開批評，讓我有點同情起他來了。

「杉乃湯真的是間很棒的澡堂啊。就像關根先生說的，它應該具有引領日本澡堂文化的潛力。寬人先生他們一定會全力投入二號店，那樣一來，這裡或許會變回古典的澡堂不是嗎？我把賭注押在這個可能性上，如果思考會要分成高圓寺和豐洲兩個團隊，我絕對要加入高圓寺這邊。欸，如果這樣的話，你要怎麼做？」

真鍋表情得意地轉向我。那張臉上的笑容是多麼舒爽啊！至少對於「要選擇哪邊的澡堂？」這個問題，他肯定是盡情沉浸在已找到屬於自己的答案的滿足感中。

那麼我呢？真鍋要留下來的話，我也要留下來嗎？可是寬人先生很可憐，所以，還是跟過去比較好嗎？——最終我還是無法憑自己的力量決定要前進的路。

「是啊。我也得趁早決定要去哪邊呢。」

否則或許我也會永遠像寬人先生那樣。而當我變成那樣時，不幸的是，我的身邊並沒有沼田先生。

「杉乃湯要進軍豐洲了。裝潢工程已經進行得差不多了，也許我們會請思考會的各位幫忙經營，下星期要不要一起去考察？」

下次的例行會議上，寬人先生開朗地如此宣布。其他成員似乎也已經從別處得到了消息，沒有人表現出驚慌的樣子。豐洲和高圓寺，應該選擇哪一邊？就像之前的真鍋那樣，眾人應該也在煩惱吧。視察應該會是個得到評估材料的好機會，我們都浮躁地期待著下星期的到來。

◇

「咦？要引進三溫暖嗎？」

戴著安全帽的真鍋啞然無語。工地現場的地板和牆壁還沒有上磁磚，但是從混凝土的結構，已能大致想像出完成後的樣貌。浴場深處，應該會裝上門的狹窄開口另一邊，是一處宛如洞窟的階梯狀空間。即使是沒有建築知識的我，也立刻就知道那裡一定會變成相當寬敞的三溫暖。

「嗯，因為豐洲這個地方，有許多年輕又對潮流敏感的商務人士，我覺得三溫暖還是必備的。當然，也會準備大型冷水池，也打算裝設冷卻機，製造極低的水溫。關於三溫暖的規格，花田湯給了我相當多建議。花田湯真的很有意思，有許多值得參考的地方。」

寬人先生自信十足地說著，真鍋漫不經心地應道「唔，是啊」，但眼中甚至浮現出輕蔑的神色。

「櫃檯周邊會打造成寬敞的交流空間，除了在高圓寺實驗過的市集和DJ活動，還預計每天舉辦兒童工作坊之類的活動。精釀啤酒也會設置多個龍頭，也想要把精釀啤酒浴變成固定池。多虧了思考會的各位，我對於社區型澡堂這個概念有了自信和把握。我希望大家往後能以豐洲為舞台，繼續挑戰，不曉得各位意願如何？」

寬人先生用一種引人同情的不安眼神依序看向眾人安全帽底下的臉。除了真鍋以外，其他人都沒有表明態度，彼此頻頻交換視線。寬人先生展露一如往常的開朗笑容說：「哎，明年春天才開幕，在那之前慢慢決定就好。」

設計圖應該早在好幾個月以前，搞不好在思考會成立前就已經定案了。寬人先生有時會帶著沼田先生外出，或許也是為了視察工地，或是跟設計事務所開會。換句話說，早在關根先生那起風波前，寬人先生就已經穩當地決定了自己要走的方向。但若真的是這樣的話，這幾個星期，寬人先生到底一直在煩惱什麼？

視察結束後，我們在豐洲的街上四處逛逛。豐洲地區到處都是塔樓公寓、大型購物商場及人工公園。道路寬敞筆直，擠滿了快步推著嬰兒車的母親們。不管身在何處，都能聽到小孩的哭聲，聞到大海的氣味。這裡所有的一切都跟高圓寺大異其趣。我覺得好像從高圓寺來到了全世界最遙遠的地方。

烈日曬得我們疲憊不堪，對話也變少了，寬人先生開朗地提議：「那邊有家精釀啤酒的店喔！靠窗座可以看到海邊，應該很舒服。」曬得頭昏腦脹的我們順從他的指示，行屍走肉般走進購物商場內的大型啤酒吧。這裡是採取顧客各自讀取QR碼點餐的制度，我們彷彿忘了如何發聲，默默地滑著手機。店員端來啤酒後，寬人先生出聲催促，眾人默默無語地碰杯。我隨便點的湘南產拉格啤酒，比平常在杉乃湯喝的美味太多了。我早已依稀察覺，寬人先生或許不是依據味道挑選那款精釀啤酒，真的就只是被「人脈」強迫推銷的。

「對了，今天沼田先生沒來呢。」

真鍋像要打破沉默，沒有對象地低聲說道。

「哦，我有找他，但他好像有事。他現在好像還是要定期回診。」

寬人先生看著窗外的大海，一樣低聲說道，接著忽然立下決心似地，拍了一下手，眼睛閃閃發亮。

「我還是跟大家開誠布公吧。高圓寺的杉乃湯……決定要收掉了。豐洲的新店不是二號店，從此以後，豐洲店會是唯一的杉乃湯。所以我希望大家現在就決定。現在、就在這裡做出決定。是要選擇豐洲店、往後也繼續為杉乃湯效力？還是選擇高圓寺店、半年後永遠離開杉乃湯？」

「請、請等一下！這也太突然了……。為什麼要關掉高圓寺那邊？那邊還有很多常客，最重要的是，那裡完全就是澡堂文化遺產啊！居然輕易放棄那麼棒的澡堂……」

直到剛才都還無精打采的真鍋突然氣勢洶洶地頂撞寬人先生。其他成員也都一臉不安地看著。相對地，也許是總算向形同家人的成員們吐露了祕密，如釋重負，寬人先生的表情依然明朗得令人害怕。他看起來也像是之前的真鍋，盡情地沉浸在已做出決定的舒暢滿足中。

「不，我已經決定了。其實上個月，就在那場公開討論後，我太太懷孕了。一想到孩子即將出生，我還是希望他能繼承家業，既然如此，我希望那是可以養家餬口的根基。高圓寺的杉乃湯，就算只做一些表面的改變，也就像關根先生說的，前景渺茫。我決定乾脆把澡堂關了，改建成公寓。沒錯，我已經決定了！豐洲的澡堂應該會比高圓寺賺錢，公寓的房租收入也會成為穩定的基礎。我在做決定的時候，喜樂湯的宮木先生給了我不少建議。啊，我真的很幸運，有那麼多超棒的人脈。參加派對和讀書會果然是對的。」

這突如其來的告白，而且是以歡欣雀躍的口吻說出的內容，讓眾人再次凍結了。這就宛如唐澤先生那件事的重演。我也一樣凍結了，卻只有腦袋清楚地繼續運轉著。我總算理解這幾個星期以來，一直困擾著寬人先生的問題究竟是什麼了——可是，他自豪地炫耀的這份暢快，為何讓人感到如此膚淺？

「我終於決定了！雖然揹負著家業、歷史、責任這些許許多多的重擔，但是我在各位的幫助下，總算能找到答案了。我對這個決定滿懷信心，甚至可說是感到驕傲。來吧，請各位也做出決定。模稜兩可是不行的，請將大家的真心，投注到我和新生杉乃湯身上吧！來吧！」

沉默。眾人依舊沉默。打破這份沉默的，又是真鍋。

「……我真是傻眼了。太失望了。而且這太狡猾了，寬人先生。到頭來，你什麼都是靠別人，自己從不決定任何事，不是嗎？偶然出生在世世代代經營澡堂的家中、別人的期望、小孩出生，這些全都是你不費任何辛苦就得到的，不是嗎！而且還把責任推到關根先生身上……就連遇上澡堂一間間倒閉的時代，對你也是一種幸運對吧？因為多虧了時代逼迫，你才能決定往後要怎麼活下去！」

這一定是真鍋迫切的內心吶喊。光是決定要喜歡哪一邊的澡堂這種對漫長人生而言根本無關緊要的小事，我們都要煩惱個老半天、搖擺不定，最後還把責任推到別人身上。真鍋最後沒有選擇寬人先生，而是追隨關根先生，背後一定也摻雜了某些痛苦與後悔。然而寬人先生的表情卻是如此地清爽。到底怎麼會有這樣的差異？

「不是那樣的。寬人先生一直備受呵護，幸運地從來沒有經歷過太大的挫折，是個溫柔的人。他怎麼樣都無法決定什麼才是正確答案、該以誰為優先、要拋下什麼人。」

現在我終於明白了。沼田先生說的一點都沒錯。寬人先生一定天生就是這樣的人。他平等地愛著每個人、平等地聽信每個人的話，並試圖把所有的話都撿拾起來。當然，一般人是不可能做到的。一般人會排除可疑的選項，而撿起來的東西，也絕對不可能全部實現。然而，只要有寬人先生善良過頭的直率，以及沼田先生病態的奉獻，就能夠如同這半年來的杉乃湯如此發展，寬人先生可以刻意地隨波逐流，永遠繼續他走不到任何目標的人生。

不過，這次的決定，與寬人先生過去在杉乃湯所做的，擺放精釀啤酒、舉辦DJ活動那類無傷大雅的創新顯然不同。這個決定讓一些人被拋下了。這些人包括了相信寬人先生而跟隨他的思考會成員，以及支持了杉乃湯幾十年的常客們。是不是有人誘導了溫柔的寬人先生，讓他做出殘忍的決定、讓他樂於拋棄過去深愛他的人們，而這個人是否就在他的身邊——

「那沼田先生呢？」

我幾乎是無意識地脫口問出這句話。正被真鍋逼問而陷入窘境的寬人先生彷彿得救一般，恢復了如常的表情。

「沼田？噢，他當然會來幫忙豐洲這邊啊。這次的決定，老實說也幾乎都是沼田的主意，而且他為了實現構想而四處奔忙。啊，沼田真是個完美的夥伴。能認識他實在是我的福氣。我的人生已經不能沒有他了，他也一定不能沒有我了吧。」

「寬人先生，可以讓我幫忙豐洲的杉乃湯嗎？」

結果在豐洲的精釀啤酒吧裡，沒有人表明要追隨寬人先生——除了我以外。真鍋整個傻眼，而我沒有充分的理由說明自己的決定。或許我只是覺得，如果不做出選擇——管它是什麼選擇都好——就會變成一個一輩子無法做決定的人，就只是害怕這樣而已。這個決定就是如此草率。

「思考會就在今天解散。這個組織本來就是為了研究豐洲店的經營方式而試驗性成立的，所以這算是一種積極的解散。雖然為期不長，但我非常感謝各位一路上的支持。」

在視察的下一週，寬人先生在例行會議的最後如此宣布。

◇

接下來過了半年，杉乃湯迎來了最後一個營業日。我在早上八點前往杉乃湯，結果只有寬人先生和沼田先生兩個人。我們默默地脫光衣服，默默地洗頭洗身體，接著去泡牛奶浴池。

「這裡真是家好澡堂。」

寬人先生泰然自若地喃喃道。

「是啊，很棒的澡堂。」

寬人先生旁邊的沼田先生宛如自動應答般喃喃回道。

今天沼田先生的臉上依然掛著那種笑。昨天也是如此，明天也將如此吧。對於那個自己什麼都做不了、只會嘴裡不斷吐出空洞願望的人，沼田先生打算明天、後天，就像一台停止思考的機器，不斷提供讓他永遠奔跑下去的力量，直到死去嗎？他和寬人先生緊密連結、合而為一，再也無法分離。然後在接下來的日子，他會繼續像這樣輕鬆背叛相信自己的人、不負責任地拋下他們、把經過之處都化為廢墟，直到死去嗎？理由是憎恨？是扭曲的愛？或是對已不在此處的某人的、我甚至無法想像的感情嗎？——沒有一樣是我能夠理解的。

「我先走了。」

寬人先生以絲毫不帶留戀的清爽口吻說道，走出牛奶浴池。我製造出有點好笑的水聲，也跟著離開，然後回頭望去。

無聲。那裡漂浮著皮膚異樣白皙的男子的臉，不只是話聲，連半點聲音都沒有製造出來。他神情安詳，就彷彿已立下決心永遠不再離開那裡，與其說是清爽，更像是失去意志的老人一般。沒錯，他一定已經提早過所謂的餘生了。他只是笑咪咪地，看著自己的餘生一秒又一秒流逝——

我回到脫衣處。從那裡看不到牛奶浴池，但沼田先生一定還在泡湯。明天拆除工程就要開始，這家潔白美麗的澡堂，注定要變成一堆醜陋的廢棄物。對他而言，這裡或許是祝福他與寬人先生未來的莊嚴聖殿，或是寧靜的死後世界。我用浴巾執拗地抹去沾附在自己年輕肌膚上的水滴。寬人先生好像已經離開脫衣處了。我決定也快點穿上衣服出去。這種地方沒必要久留。

我撥開門簾步出建築物。抬頭望去，冬季的天空低垂罩頂，被髒兮兮的灰色烏雲覆蓋得密不通風。我沒看到寬人先生，失去色彩般索然無味的住宅區，也沒有好心的路標指引我該往哪裡去。

巷弄間充斥著看不到臉的人們製造出來的細微但刺耳的生活聲響。選擇了平淡度日的無數人們的存在，現在讓我覺得宛如可怕的群體。他們製造出來的聲音化成無數隻透明的手，緊緊地貼附在我的皮膚上，宛如在責備我、挽留我。

對了，接下來我到底該去哪裡？該前往何方？即使抵達了草率選擇的地方，我能得到我想要的事物嗎？或者乾脆折返……

我的腳再也動彈不得。

國家圖書館出版品預行編目資料

令和元年的人生遊戲／麻布競馬場著；王華懋譯. -- 初版. -- 臺北市：麥田出版：英屬蓋曼群島商家庭傳媒股份有限公司城邦分公司發行，2025.08
面；　公分. --（日本暢銷小說；113）
譯自：令和元年の人生ゲーム
ISBN 978-626-310-918-6（平裝）
EISBN 978-626-310-919-3 (epub)
861.57　　114007304

ISBN 978-626-310-918-6
Printed in Taiwan

日本暢銷小說113

令和元年的人生遊戲

作者｜麻布競馬場
譯者｜王華懋
排版｜李秀菊
封面設計｜之一設計
責任編輯｜徐　凡

國際版權｜吳玲緯　楊靜
行銷｜闕志勳　吳宇軒　余一霞
業務｜李再星　陳美燕　李振東
總經理｜巫維珍
編輯總監｜劉麗真
事業群總經理｜謝至平
發行人｜何飛鵬
出版｜麥田出版
台北市南港區昆陽街16號4樓
電話：886-2-25000888
傳真：886-2-2500-1951
發行｜英屬蓋曼群島商家庭傳媒股份有限公司城邦分公司
台北市南港區昆陽街16號8樓
客服專線：02-25007718；25007719
24小時傳真專線：02-25001990；25001991
服務時間：週一至週五上午09:30-12:00；下午13:30-17:00
劃撥帳號：19863813　戶名：書虫股份有限公司
讀者服務信箱：service@readingclub.com.tw
城邦網址：http://www.cite.com.tw
香港發行所｜城邦（香港）出版集團有限公司
香港九龍土瓜灣土瓜灣道86號順聯工業大廈6樓A室
電話：852-25086231
傳真：852-25789337
電子信箱：hkcite@biznetvigator.com
馬新發行所｜城邦（馬新）出版集團
Cite（M）Sdn. Bhd.（458372U）
41, Jalan Radin Anum, Bandar Baru Seri Petaling,
57000 Kuala Lumpur, Malaysia.
電話：+6(03)-90563833
傳真：+6(03)-90576622
電子信箱：services@cite.my

印刷｜前進彩藝有限公司
初版｜2025年8月
定價｜380元